MEMÓRIAS INVENTADAS

MANOEL DE BARROS
MEMÓRIAS INVENTADAS

Copyright © 2003, 2006, 2008, 2018 by herdeiros de Manoel de Barros

Grafia atualizada segundo o Acordo Ortográfico da Língua Portuguesa de 1990, que entrou em vigor no Brasil em 2009.

Organização das fotos e documentos
Martha Barros

Curadoria
Italo Moriconi

Capa, projeto gráfico e editoração eletrônica
Regina Ferraz

Imagem de capa
Martha Barros, *Memórias inventadas*, 2017, acrílico sobre tela, 38 x 33 cm, reprodução de Jaime Acioli / Coleção particular

Créditos das imagens
Fotos e documentos reproduzidos no livro pertencem ao acervo pessoal do autor, exceto: p. 79 (abaixo) — Adriana Lafer; p. 81 (ambas) — Marcelo Buainain; pp. 90-1 — reprodução de Jaime Acioli.

Textos de contracapa e orelha
Italo Moriconi

Revisão
Huendel Viana
Thaís Totino Richter

Os personagens e as situações desta obra são reais apenas no universo da ficção; não se referem a pessoas e fatos concretos, e não emitem opinião sobre eles.

Dados Internacionais de Catalogação na Publicação (CIP)
(Câmara Brasileira do Livro, SP, Brasil)

Barros, Manoel de, 1916-2014
Memórias inventadas / Manoel de Barros. —
1ª ed. — Rio de Janeiro : Alfaguara, 2018.

ISBN 978-85-5652-064-7

1. Poesia brasileira I. Título.

18-13112   CDD-869.1

Índice para catálogo sistemático:
1. Poesia : Literatura brasileira   869.1

8ª reimpressão

Todos os direitos desta edição reservados à
EDITORA SCHWARCZ S.A.
Praça Floriano, 19, sala 3001 — Cinelândia
20031-050 — Rio de Janeiro — RJ
Telefone: (21) 3993-7510
www.companhiadasletras.com.br
www.blogdacompanhia.com.br
facebook.com/alfaguara.br
instagram.com/editora_alfaguara
twitter.com/alfaguara_br

O que venho aprendendo com Manoel de Barros 7
José Eduardo Agualusa

MEMÓRIAS INVENTADAS 11

A INFÂNCIA 15
Escova 17
Obrar 18
Desobjeto 19
Parrrede! 20
Ver 21
O lavador de pedra 22
Fraseador 23
Cabeludinho 24
O apanhador de desperdícios 25
Brincadeiras 26
A rã 28
Caso de amor 29
Latas 30
Achadouros 31
Sobre sucatas 32

A SEGUNDA INFÂNCIA 33
Estreante 35
Lacraia 36
Pintura 37
Oficina 38
Bocó 39
Nomes 40

Desprezo	41
Gramática do Povo Guató	42
Sobre importâncias	43
Aula	44
Abandono	45
Um olhar	46
Aventura	47
Aprendimentos	48
Tempo	49
Um doutor	51
Pelada de barranco	52
A TERCEIRA INFÂNCIA	55
Fontes	57
Invenção	58
Jubilação	59
O menino que ganhou um rio	60
Corumbá revisitada	61
Peraltagem	62
Formação	63
Delírios	64
Circo	65
Soberania	66
Manoel por Manoel	67
Cronologia	69
Fotografias e documentos	77
Relação de obras	91
Bibliografia sobre Manoel de Barros	93

O que venho aprendendo com Manoel de Barros

Descobri a poesia de Manoel de Barros em 1988, por um luminoso acaso, nas páginas do número 11 da revista espanhola *El Paseante*, dedicada ao Brasil. Infelizmente, perdi esse exemplar; recordo-me, contudo, que a entrevista era enriquecida por espantosas fotografias do Pantanal, num olhar que acompanhava e completava o do poeta.

Senti uma emoção imensa ao ler pela primeira vez os poemas de Manoel. Por um lado, aqueles versos abriam janelas para a minha própria infância. Nasci e cresci numa pequena cidade do planalto central de Angola. Vivi na fronteira do asfalto com o universo rural. A minha casa assinalava o limite entre dois mundos. Depois dela estendia-se a África: um descampado infinito, capim alto, aves e céu (costumo dizer que à noite ouvíamos rugir os leões, o que é verdade, pois o jardim zoológico era muito próximo).

Por outro lado, enquanto lia os poemas de Manoel de Barros na *El Paseante*, pareceu-me ouvir a voz do meu melhor amigo, o escritor moçambicano Mia Couto. Nesse mesmo dia, xeroquei a revista e enviei as cópias para Mia, por correio. Mia reagiu com entusiasmo, reconhecendo em Manoel um parente próximo. Ambos têm a mesma genealogia poética: Guimarães Rosa. Mia, contudo, não é filho, mas neto do escritor mineiro, pois chegou ao seu próprio projeto literário influenciado pela leitura dos romances do angolano José Luandino Vieira, o qual, por sua vez, sempre se assumiu como um descendente direto de Guimarães Rosa. Luandino leu Rosa nos anos 1960, durante o período em que esteve preso, no campo de concentração do Tarrafal, em Cabo Verde, acusado de conspirar a favor da independência de Angola.

Em 1994, em Lisboa, fui entrevistado para um jornal português. Não me recordo quem era o jornalista, mas lembro-me muito bem do fotógrafo. Durante a entrevista, falando em Luandino Vieira e em Mia Couto, apontando-os como exemplo de escritores que estavam reinventando o idioma, aproveitei para dizer do meu espanto e da minha admiração por um grande poeta brasileiro que era, à época, totalmente desconhecido do público português — Manoel de Barros. O fotógrafo, que ficara calado até essa altura, soltou um grito de júbilo: "Manoel é meu vizinho em Campo Grande! Vizinho de muro a muro".

Era Marcelo Buainain, o autor das imagens de que eu tanto gostara na *El Paseante*. Ficamos amigos naquele instante. Disse-lhe que gostaria muito de entrevistar Manoel de Barros, e Marcelo prontificou-se a fazer a ponte entre mim e o seu vizinho. Semanas depois eu estava num ônibus, saindo do Rio de Janeiro para Campo Grande. Manoel de Barros recebeu-me com serena surpresa. Aceitou que eu gravasse a entrevista. Antes ou depois disso — já não me lembro — passeamos pelas ruas vagarosas do seu bairro, conversando como velhos amigos. Na minha memória misturam-se dias de náufrago, com um oceano impetuoso devastando a cidade, violentamente, enquanto relâmpagos estilhaçavam a escuridão, e depois a grande bonança das conversas com Manoel, sob um céu de um azul puríssimo.

Trabalhei muitos anos como jornalista cultural. Entrevistei dezenas de escritores, artistas plásticos, músicos, arquitetos. A entrevista com Manoel de Barros foi, de todas, a que mais prazer me deu. Aliás, é a única que guardo.

As entrevistas com Manoel de Barros são, regra geral, do domínio da poesia. Estão, como os seus versos, semeadas de súbitas iluminações; de revelações; de encantamento. Na entrevista que me deu, gosto em particular do momento em que o poeta se refere a Antônio Houaiss: "O Houaiss é um bom amigo. Eu disse uma vez que o Houaiss nunca vai fazer um verso porque o verso exige quase sempre uma imagem, e a imagem é consequência de uma falta de vocabulário. É uma indigência vocabular que provoca a imagem. Assim, quando um sujeito sabe quase tudo, ele não faz a imagem, ele solta a palavra precisa. Por isso acho que o Houaiss nunca fará um verso, não precisa. O verso é um socorro para aqueles que não dominam tão bem o idioma".

A frase resume uma parte da ideologia que atravessa e justifica toda a obra de Manoel de Barros: o elogio do erro. A outra parte tem a ver com a exaltação dos pequenos seres, com a valorização dos deserdados e de todos os marginalizados.

A alegria com que Manoel de Barros reinventa o português sempre me fascinou. Ainda me maravilha. Imagino que nunca deixará de atrair novos leitores. A principal razão por que a sua poesia continua atual, contudo, tem a ver com esse olhar atento e compassivo dirigido às margens do mundo. Manoel de Barros ajuda-nos a olhar os outros, os mais invisíveis de entre todos nós, e a encontrar neles a nossa própria humanidade.

Sinto saudades daquela tarde em que passeei, em Campo Grande, de braço dado com ele. Mas também sei o que fazer para voltar a ela: procuro um dos livros de Manoel, abro-o — e entro.

José Eduardo Agualusa

MEMÓRIAS INVENTADAS

Tudo o que não invento é falso.

A INFÂNCIA

ESCOVA

Eu tinha vontade de fazer como os dois homens que vi sentados na terra escovando osso. No começo achei que aqueles homens não batiam bem. Porque ficavam sentados na terra o dia inteiro escovando osso. Depois aprendi que aqueles homens eram arqueólogos. E que eles faziam o serviço de escovar osso por amor. E que eles queriam encontrar nos ossos vestígios de antigas civilizações que estariam enterrados por séculos naquele chão. Logo pensei de escovar palavras. Porque eu havia lido em algum lugar que as palavras eram conchas de clamores antigos. Eu queria ir atrás dos clamores antigos que estariam guardados dentro das palavras. Eu já sabia também que as palavras possuem no corpo muitas oralidades remontadas e muitas significâncias remontadas. Eu queria então escovar as palavras para escutar o primeiro esgar de cada uma. Para escutar os primeiros sons, mesmo que ainda bígrafos. Comecei a fazer isso sentado em minha escrivaninha. Passava horas inteiras, dias inteiros fechado no quarto, trancado, a escovar palavras. Logo a turma perguntou: o que eu fazia o dia inteiro trancado naquele quarto? Eu respondi a eles, meio entressonhado, que eu estava escovando palavras. Eles acharam que eu não batia bem. Então eu joguei a escova fora.

OBRAR

Naquele outono, de tarde, ao pé da roseira de minha
avó, eu obrei.
Minha avó não ralhou nem.
Obrar não era construir casa ou fazer obra de arte.
Esse verbo tinha um dom diferente.
Obrar seria o mesmo que cacarar.
Sei que o verbo cacarar se aplica mais a passarinhos
Os passarinhos cacaram nas folhas nos postes nas
pedras do rio nas casas.
Eu só obrei no pé da roseira da minha avó.
Mas ela não ralhou nem.
Ela disse que as roseiras estavam carecendo de esterco
orgânico.
E que as obras trazem força e beleza às flores.
Por isso, para ajudar, andei a fazer obra nos canteiros
da horta.
Eu só queria dar força às beterrabas e aos tomates.
A vó então quis aproveitar o feito para ensinar que
o cago não é uma coisa desprezível.
Eu tinha vontade de rir porque a vó contrariava os
ensinos do pai.
Minha avó, ela era transgressora.
No propósito ela me disse que até as mariposas
gostavam de roçar nas obras verdes.
Entendi que obras verdes seriam aquelas feitas no dia.
Daí que também a vó me ensinou a não desprezar as
coisas desprezíveis
E nem os seres desprezados.

DESOBJETO

O menino que era esquerdo viu no meio do quintal
um pente. O pente estava próximo de não ser mais um
pente. Estaria mais perto de ser uma folha dentada.
Dentada um tanto que já se havia incluído no chão que
nem uma pedra um caramujo um sapo. Era alguma
coisa nova o pente. O chão teria comido logo um
pouco de seus dentes. Camadas de areia e formigas
roeram seu organismo. Se é que um pente tem
organismo. O fato é que o pente estava sem costela.
Não se poderia mais dizer se aquela coisa fora um
pente ou um leque. As cores a chifre de que fora
feito o pente deram lugar a um esverdeado a musgo.
Acho que os bichos do lugar mijavam muito naquele
desobjeto. O fato é que o pente perdera a sua
personalidade. Estava encostado às raízes de uma
árvore e não servia mais nem para pentear macaco.
O menino que era esquerdo e tinha cacoete pra poeta,
justamente ele enxergara o pente naquele estado
terminal. E o menino deu para imaginar que o pente,
naquele estado, já estaria incorporado à natureza como
um rio, um osso, um lagarto. Eu acho que as árvores
colaboravam na solidão daquele pente.

PARRREDE!

Quando eu estudava no colégio, interno,
Eu fazia pecado solitário.
Um padre me pegou fazendo.
— Corrumbá, no parrrede!
Meu castigo era ficar em pé defronte a uma parede e
decorar 50 linhas de um livro.
O padre me deu pra decorar o Sermão da Sexagésima
de Vieira.
— Decorrrar 50 linhas, o padre repetiu.
O que eu lera por antes naquele colégio eram romances
de aventura, mal traduzidos e que me davam tédio.
Ao ler e decorar 50 linhas da Sexagésima fiquei
embevecido.
E li o Sermão inteiro.
Meu Deus, agora eu precisava fazer mais pecado
solitário!
E fiz de montão.
— Corrumbá, no parrrede!
Era a glória.
Eu ia fascinado pra parede.
Desta vez o padre me deu o Sermão do Mandato.
Decorei e li o livro alcandorado.
Aprendi a gostar do equilíbrio sonoro das frases.
Gostar quase até do cheiro das letras.
Fiquei fraco de tanto cometer pecado solitário.
Ficar no parrrede era uma glória.
Tomei um vidro de fortificante e fiquei bom.
A esse tempo também eu aprendi a escutar o silêncio
das paredes.

VER

Nas férias toda tarde eu via a lesma no quintal. Era a mesma lesma. Eu via toda tarde a mesma lesma se despregar de sua concha, no quintal, e subir na pedra. E ela me parecia viciada. A lesma ficava pregada na pedra, nua de gosto. Ela possuíra a pedra? Ou seria possuída? Eu era pervertido naquele espetáculo. E se eu fosse um voyeur no quintal, sem binóculo? Podia ser. Mas eu nunca neguei para os meus pais que eu gostava de ver a lesma se entregar à pedra. (Pode ser que eu esteja empregando erradamente o verbo entregar, em vez de subir. Pode ser. Mas ao fim não dará na mesma?) Nunca escondi aquele meu delírio erótico. Nunca escondi de meus pais aquele gosto supremo de ver. Dava a impressão que havia uma troca voraz entre a lesma e a pedra. Confesso, aliás, que eu gostava muito, a esse tempo, de todos os seres que andavam a esfregar as barrigas no chão. Lagartixas fossem muito principais do que as lesmas nesse ponto. Eram esses pequenos seres que viviam ao gosto do chão que me davam fascínio. Eu não via nenhum espetáculo mais edificante do que pertencer do chão. Para mim esses pequenos seres tinham o privilégio de ouvir as fontes da Terra.

O LAVADOR DE PEDRA

A gente morava no patrimônio de Pedra Lisa. Pedra
Lisa era um arruado de 13 casas e o rio por detrás.
Pelo arruado passavam comitivas de boiadeiros e
muitos andarilhos. Meu avô botou uma Venda no
arruado. Vendia toucinho, freios, arroz, rapadura e tais.
Os mantimentos que os boiadeiros compravam de
passagem. Atrás da Venda estava o rio. E uma pedra que
aflorava no meio do rio. Meu avô, de tardezinha, ia lavar
a pedra onde as garças pousavam e cacaravam. Na pedra
não crescia nem musgo. Porque o cuspe das garças tem
um ácido que mata no nascedouro qualquer espécie de
planta. Meu avô ganhou o desnome de Lavador de Pedra.
Porque toda tarde ele ia lavar aquela pedra. A Venda
ficou no tempo abandonada. Que nem uma cama ficasse
abandonada. É que os boiadeiros agora faziam atalhos
por outras estradas. A Venda por isso ficou no abandono
de morrer. Pelo arruado só passavam agora os
andarilhos. E os andarilhos paravam sempre para uma
prosa com o meu avô. E para dividir a vianda que a mãe
mandava para ele. Agora o avô morava na porta da
Venda, debaixo de um pé de jatobá. Dali ele via os
meninos rodando arcos de barril ao modo que bicicleta.
Via os meninos em cavalo de pau correndo ao modo
que montados em ema. Via os meninos que jogavam
bola de meia ao modo que de couro. E corriam velozes
pelo arruado ao modo que tivessem comido canela de
cachorro. Tudo isso mais os passarinhos e os andarilhos
era a paisagem do meu avô. Chegou que ele disse uma
vez: Os andarilhos, as crianças e os passarinhos têm o
dom de ser poesia. <u>Dom de ser poesia</u> é muito bom!

FRASEADOR

Hoje eu completei oitenta e cinco anos. O poeta nasceu de treze. Naquela ocasião escrevi uma carta aos meus pais, que moravam na fazenda, contando que eu já decidira o que queria ser no meu futuro. Que eu não queria ser doutor. Nem doutor de curar nem doutor de fazer casa nem doutor de medir terras. Que eu queria era ser fraseador. Meu pai ficou meio vago depois de ler a carta. Minha mãe inclinou a cabeça. Eu queria ser fraseador e não doutor. Então, o meu irmão mais velho perguntou: Mas esse tal de fraseador bota mantimento em casa? Eu não queria ser doutor, eu só queria ser fraseador. Meu irmão insistiu: Mas se fraseador não bota mantimento em casa, nós temos que botar uma enxada na mão desse menino pra ele deixar de variar. A mãe baixou a cabeça um pouco mais. O pai continuou meio vago. Mas não botou enxada.

CABELUDINHO

Quando a Vó me recebeu nas férias, ela me apresentou
aos amigos: Este é meu neto. Ele foi estudar no Rio
e voltou de ateu. Ela disse que eu voltei de ateu.
Aquela preposição deslocada me fantasiava de ateu.
Como quem dissesse no Carnaval: aquele menino está
fantasiado de palhaço. Minha avó entendia de regências
verbais. Ela falava de sério. Mas todo mundo riu.
Porque aquela preposição deslocada podia fazer de
uma informação um chiste. E fez. E mais: eu acho
que buscar a beleza nas palavras é uma solenidade de
amor. E pode ser instrumento de rir. De outra feita,
no meio da pelada um menino gritou: Disilimina esse,
Cabeludinho. Eu não disiliminei ninguém. Mas aquele
verbo novo trouxe um perfume de poesia à nossa
quadra. Aprendi nessas férias a brincar de palavras
mais do que trabalhar com elas. Comecei a não gostar
de palavra engavetada. Aquela que não pode mudar de
lugar. Aprendi a gostar mais das palavras pelo que elas
entoam do que pelo que elas informam. Por depois
ouvi um vaqueiro a cantar com saudade: Ai morena,
não me escreve/ que eu não sei a ler. Aquele a preposto
ao verbo ler, ao meu ouvir, ampliava a solidão do
vaqueiro.

O APANHADOR DE DESPERDÍCIOS

Uso a palavra para compor meus silêncios.
Não gosto das palavras
fatigadas de informar.
Dou mais respeito
às que vivem de barriga no chão
tipo água pedra sapo.
Entendo bem o sotaque das águas.
Dou respeito às coisas desimportantes
e aos seres desimportantes.
Prezo insetos mais que aviões.
Prezo a velocidade
das tartarugas mais que a dos mísseis.
Tenho em mim esse atraso de nascença.
Eu fui aparelhado
para gostar de passarinhos.
Tenho abundância de ser feliz por isso.
Meu quintal é maior do que o mundo.
Sou um apanhador de desperdícios:
Amo os restos
como as boas moscas.
Queria que a minha voz tivesse um formato de canto.
Porque eu não sou da informática:
eu sou da invencionática.
Só uso a palavra para compor meus silêncios.

BRINCADEIRAS

No quintal a gente gostava de brincar com palavras
mais do que de bicicleta.
Principalmente porque ninguém possuía bicicleta.
A gente brincava de palavras descomparadas. Tipo assim:
O céu tem três letras
O sol tem três letras
O inseto é maior.
O que parecia um despropósito
Para nós não era despropósito.
Porque o inseto tem seis letras e o sol só tem três
Logo o inseto é maior. (Aqui entrava a lógica?)
Meu irmão que era estudado falou quê lógica quê nada
Isso é um sofisma. A gente boiou no sofisma.
Ele disse que sofisma é risco n'água. Entendemos tudo.
Depois Cipriano falou:
Mais alto do que eu só Deus e os passarinhos.
A dúvida era saber se Deus também avoava
Ou se Ele está em toda parte como a mãe ensinava.
Cipriano era um indiozinho guató que aparecia no
quintal, nosso amigo. Ele obedecia a desordem.
Nisso apareceu meu avô.
Ele estava diferente e até jovial.
Contou-nos que tinha trocado o Ocaso dele por duas
andorinhas.
A gente ficou admirado daquela troca.
Mas não chegamos a ver as andorinhas.
Outro dia a gente destampamos a cabeça de Cipriano.
Lá dentro só tinha árvore árvore árvore
Nenhuma ideia sequer.

Falaram que ele tinha predominâncias vegetais do que platônicas.

platônicas.

Isso era.

A RÃ

O homem estava sentado sobre uma lata na beira de
uma garça. O rio Amazonas passava ao lado. Mas eu
queria insistir no caso da rã. Não seja este um ensaio
sobre orgulho de rã. Porque me contou aquela uma
que ela comandava o rio Amazonas. Falava, em tom
sério, que o rio passava nas margens dela. Ora, o que
se sabe, pelo bom senso, é que são as rãs que vivem
nas margens dos rios. Mas aquela rã contou que estava
estabelecida ali desde o começo do mundo. Bem antes
do rio fazer leito para passar. E que, portanto, ela tinha
a importância de chegar primeiro. Que ela era por
todos os motivos primordial. E quem se fez primordial
tem o condão das primazias. Portanto era o rio
Amazonas que passava por ela. Então, a partir desse
raciocínio, ela, a rã, tinha mais importância. Sendo
que a importância de uma coisa ou de um ser não
é tirada pelo tamanho ou volume do ser, mas pela
permanência do ser no lugar. Pela primazia. Por esse
viés do primordial é possível dizer então que a pedra
é mais importante do que o homem. Por esse viés é que
a rã se acha mais importante do que o rio Amazonas.
Por esse viés, com certeza, a rã não é uma criatura
orgulhosa. Dou federação a ela. Assim como dou
federação à garça quem teve um homem sentado na
beira dela. As garças têm primazia.

CASO DE AMOR

Uma estrada é deserta por dois motivos: por abandono ou por desprezo. Esta que eu ando nela agora é por abandono. Chega que os espinheiros a estão abafando pelas margens. Esta estrada melhora muito de eu ir sozinho nela. Eu ando por aqui desde pequeno. E sinto que ela bota sentido em mim. Eu acho que ela manja que eu fui para a escola e estou voltando agora para revê-la. Ela não tem indiferença pelo meu passado. Eu sinto mesmo que ela me reconhece agora, tantos anos depois. Eu sinto que ela melhora de eu ir sozinho sobre seu corpo. De minha parte eu achei ela bem acabadinha. Sobre suas pedras agora raramente um cavalo passeia. E quando vem um, ela o segura com carinho. Eu sinto mesmo hoje que a estrada é carente de pessoas e de bichos. Emas passavam sempre por ela esvoaçantes. Bando de caititus a atravessavam para ver o rio do outro lado. Eu estou imaginando que a estrada pensa que eu também sou como ela: uma coisa bem esquecida. Pode ser. Nem cachorro passa mais por nós. Mas eu ensino para ela como se deve comportar na solidão. Eu falo: deixe deixe meu amor, tudo vai acabar. Numa boa: a gente vai desaparecendo igual quando Carlitos vai desaparecendo no fim de uma estrada... Deixe, deixe, meu amor.

LATAS

Estas latas têm que perder, por primeiro, todos os
ranços (e artifícios) da indústria que as produziu.
Segundamente, elas têm que adoecer na terra.
Adoecer de ferrugem e casca. Finalmente, só depois
de trinta e quatro anos elas merecerão de ser chão.
Esse desmanche em natureza é doloroso e necessário
se elas quiserem fazer parte da sociedade dos vermes.
Depois desse desmanche em natureza, as latas podem
até namorar com as borboletas. Isso é muito comum.
Diferentes de nós as latas com o tempo rejuvenescem,
se jogadas na terra. Chegam quase até de serem
pousadas de caracóis. Elas sabem, as latas, que precisam
chegar ao estágio de uma parede suja. Só assim serão
procuradas pelos caracóis. Sabem muito bem, estas
latas, que precisam da intimidade com o lodo obsceno
das moscas. Ainda elas precisam de pensar em ter
raízes. Para que possam obter estames e pistilos.
A fim de que um dia elas possam se oferecer às abelhas.
Elas precisam de ser um ensaio de árvore a fim de
comungar a natureza. O destino das latas pode também
ser pedra. Elas hão de ser cobertas de limo e musgo.
As latas precisam ganhar o prêmio de dar flores. Elas
têm de participar dos passarinhos. Eu sempre desejei
que as minhas latas tivessem aptidão para passarinhos.
Como os rios têm, como as árvores têm. Elas ficam
muito orgulhosas quando passam do estágio de
chutadas nas ruas para o estágio de poesia. Acho esse
orgulho das latas muito justificável e até louvável.

ACHADOUROS

Acho que o quintal onde a gente brincou é maior
do que a cidade. A gente só descobre isso depois de
grande. A gente descobre que o tamanho das coisas
há que ser medido pela intimidade que temos com as
coisas. Há de ser como acontece com o amor. Assim,
as pedrinhas do nosso quintal são sempre maiores do
que as outras pedras do mundo. Justo pelo motivo da
intimidade. Mas o que eu queria dizer sobre o nosso
quintal é outra coisa. Aquilo que a negra Pombada,
remanescente de escravos do Recife, nos contava.
Pombada contava aos meninos de Corumbá sobre
achadouros. Que eram buracos que os holandeses,
na fuga apressada do Brasil, faziam nos seus quintais
para esconder suas moedas de ouro, dentro de grandes
baús de couro. Os baús ficavam cheios de moedas
dentro daqueles buracos. Mas eu estava a pensar em
achadouros de infâncias. Se a gente cavar um buraco ao
pé da goiabeira do quintal, lá estará um guri ensaiando
subir na goiabeira. Se a gente cavar um buraco ao pé do
galinheiro, lá estará um guri tentando agarrar no rabo
de uma lagartixa. Sou hoje um caçador de achadouros
de infância. Vou meio dementado e enxada às costas a
cavar no meu quintal vestígios dos meninos que fomos.
Hoje encontrei um baú cheio de punhetas.

SOBRE SUCATAS

Isto porque a gente foi criada em lugar onde não tinha
brinquedo fabricado. Isto porque a gente havia que
fabricar os nossos brinquedos: eram boizinhos de osso,
bolas de meia, automóveis de lata. Também a gente
fazia de conta que sapo é boi de cela e viajava de sapo.
Outra era ouvir nas conchas as origens do mundo.
Estranhei muito quando, mais tarde, precisei de morar
na cidade. Na cidade, um dia, contei para minha mãe
que vira na Praça um homem montado no cavalo de
pedra a mostrar uma faca comprida para o alto. Minha
mãe corrigiu que não era uma faca, era uma espada.
E que o homem era um herói da nossa história. Claro
que eu não tinha educação de cidade para saber que
herói era um homem sentado num cavalo de pedra.
Eles eram pessoas antigas da história que algum dia
defenderam a nossa Pátria. Para mim aqueles homens
em cima da pedra eram sucata. Seriam sucata da
história. Porque eu achava que uma vez no vento esses
homens seriam como trastes, como qualquer pedaço
de camisa nos ventos. Eu me lembrava dos espantalhos
vestidos com as minhas camisas. O mundo era um
pedaço complicado para o menino que viera da roça.
Não vi nenhuma coisa mais bonita na cidade do que
um passarinho. Vi que tudo o que o homem fabrica
vira sucata: bicicleta, avião, automóvel. Só o que não
vira sucata é ave, árvore, rã, pedra. Até nave espacial
vira sucata. Agora eu penso uma garça branca de brejo
ser mais linda que uma nave espacial. Peço desculpas
por cometer essa verdade

A SEGUNDA INFÂNCIA

ESTREANTE

Fui morar numa pensão na rua do Catete.
A dona era viúva e buliçosa
E tinha uma filha Indiana que dava pancas.
Me abatia.
Ela deixava a porta do banheiro meio aberta
E isso me abatia.
Eu teria 15 anos e ela 25.
Ela me ensinava:
Precisa não afobar.
Precisa ser bem animal.
Como um cavalo. Nobremente.
Usar o desorgulho dos animais.
Morder lamber cheirar fugir voltar arrodear
lamber beijar cheirar fugir voltar
Até.
Nobremente. Como os animais.
Isso eu aprendi com minha namorada indiana.
Ela me ensinava com unguentos.
Passava unguento passava unguento passava unguento.
Dizia que era um ato religioso foder.
E que era preciso adornar os desejos com unguento.
E passava unguento e passava unguento.
Só depois que adornava bem ela queria.
Pregava que fazer amor é uma eucaristia.
Que era uma comunhão.
E a gente comungava o Pão dos Anjos.

LACRAIA

Um trem de ferro com vinte vagões quando descarrila, ele sozinho não se recompõe. A cabeça do trem ou seja a máquina, sendo de ferro não age. Ela fica no lugar. Porque a máquina é uma geringonça fabricada pelo homem. E não tem ser. Não tem destinação de Deus. Ela não tem alma. É máquina. Mas isso não acontece com a lacraia. Eu tive na infância uma experiência que comprova o que falo. Em criança a lacraia sempre me pareceu um trem. A lacraia parece que puxava vagões. E todos os vagões da lacraia se mexiam como os vagões de trem. E ondulavam e faziam curvas como os vagões de trem. Um dia a gente teve a má ideia de descarrilar a lacraia. E fizemos essa malvadeza. Essa peraltagem. Cortamos todos os gomos da lacraia e os deixamos no terreiro. Os gomos separados como os vagões da máquina. E os gomos da lacraia começaram a se mexer. O que é a natureza! Eu não estava preparado para assistir àquela coisa estranha. Os gomos da lacraia começaram a se mexer e se encostar um no outro para se emendarem. A gente, nós, os meninos, não estávamos preparados para assistir àquela coisa estranha. Pois a lacraia estava se recompondo. Um gomo da lacraia procurava o seu parceiro parece que pelo cheiro. A gente como que reconhecia a força de Deus. A cabeça da lacraia estava na frente e esperava os outros vagões se emendarem. Depois, bem mais tarde eu escrevi este verso: *Com pedaços de mim eu monto um ser atônito*. Agora me indago se esse verso não veio da peraltagem do menino. Agora quem está atônito sou eu.

PINTURA

Sempre compreendo o que faço depois que já fiz.
O que sempre faço nem seja uma aplicação de estudos.
É sempre uma descoberta. Não é nada procurado.
É achado mesmo. Como se andasse num brejo e desse
no sapo. Acho que é defeito de nascença isso. Igual
como a gente nascesse de quatro olhares ou de quatro
orelhas. Um dia tentei desenhar as formas da Manhã
sem lápis. Já pensou? Por primeiro havia que
humanizar a Manhã. Torná-la biológica. Fazê-la
mulher. Antesmente eu tentara coisificar as pessoas
e humanizar as coisas. Porém humanizar o tempo!
Uma parte do tempo? Era dose. Entretanto eu tentei.
Pintei sem lápis a *Manhã de pernas abertas para o Sol.*
A manhã era mulher e estava de pernas abertas para o
sol. Na ocasião eu aprendera em Vieira (Padre Antônio,
1604, Lisboa) eu aprendera que as imagens pintadas
com palavras eram para se ver de ouvir. Então seria
o caso de se ouvir a frase pra se enxergar a Manhã de
pernas abertas? Estava humanizada essa beleza de
tempo. E com os seus passarinhos, e as águas e o Sol
a fecundar o trecho. Arrisquei fazer isso com a Manhã,
na cega. Depois que meu avô me ensinou que eu
pintara a imagem erótica da Manhã. Isso fora.

OFICINA

Tentei montar com aquele meu amigo que tem um
olhar descomparado, uma Oficina de Desregular a
Natureza. Mas faltou dinheiro na hora para a gente
alugar um espaço. Ele propôs que montássemos por
primeiro a Oficina em alguma gruta. Por toda parte
existia gruta, ele disse. E por de logo achamos uma
na beira da estrada. Ponho por caso que até foi sorte
nossa. Pois que debaixo da gruta passava um rio.
O que de melhor houvesse para uma Oficina de
Desregular Natureza! Por de logo fizemos o primeiro
trabalho. Era o *Besouro de olhar ajoelhado*. Botaríamos
esse Besouro no canto mais nobre da gruta. Mas a
gruta não tinha canto mais nobre. Logo apareceu um
lírio pensativo de sol. De seguida o mesmo lírio
pensativo de chão. Pensamos que sendo o lírio um bem
da natureza prezado por Cristo resolvemos dar o nome
ao trabalho de *Lírio pensativo de Deus*. Ficou sendo.
Logo fizemos a *Borboleta beata*. E depois fizemos
Uma ideia de roupa rasgada de bunda. E *A fivela de
prender silêncios*. Depois elaboramos *A canção para
a lata defunta*. E ainda a seguir: *O parafuso de veludo,
O prego que farfalha, O alicate cremoso*. E por último
aproveitamos para imitar Picasso com *A moça com o
olho no centro da testa*. Picasso desregulava a natureza,
tentamos imitá-lo. Modéstia à parte.

BOCÓ

Quando o moço estava a catar caracóis e pedrinhas
na beira do rio até duas horas da tarde, ali também
Nhá Velina Cuê estava. A velha paraguaia de ver
aquele moço a catar caracóis na beira do rio até duas
horas da tarde, balançou a cabeça de um lado para o
outro ao gesto de quem estivesse com pena do moço,
e disse a palavra bocó. O moço ouviu a palavra bocó
e foi para casa correndo a ver nos seus trinta e dois
dicionários que coisa era ser bocó. Achou cerca de
nove expressões que sugeriam símiles a tonto. E se riu
de gostar. E separou para ele os nove símiles. Tais:
Bocó é sempre alguém acrescentado de criança. Bocó
é uma exceção de árvore. Bocó é um que gosta de
conversar bobagens profundas com as águas. Bocó é
aquele que fala sempre com sotaque das suas origens.
É sempre alguém obscuro de mosca. É alguém que
constrói sua casa com pouco cisco. É um que descobriu
que as tardes fazem parte de haver beleza nos pássaros.
Bocó é aquele que olhando para o chão enxerga um
verme sendo-o. Bocó é uma espécie de sânie com
alvoradas. Foi o que o moço colheu em seus trinta e
dois dicionários. E ele se estimou.

NOMES

O dicionário dos meninos registrasse talvez
àquele tempo
nem do que doze nomes.
Posso agora nomear nem do que oito: água,
pedras, chão, árvore, passarinhos, rã, sol,
borboletas...
Não me lembro de outros.
Acho que mosca fazia parte.
Acho que lata também.
(Lata não era substantivo de raiz moda água
sol ou pedras, mas soava para nós como se
fosse raiz.)
Pelo menos a gente usava lata como se usássemos
árvore ou borboletas.
Me esquecia da lesma e seus risquinhos
de esperma nas tardes do quintal.
A gente já sabia que esperma era a própria
ressurreição da carne.
Os rios eram verbais porque escreviam torto
como se fossem as curvas de uma cobra.
Lesmas e lacraias também eram substantivos
verbais
Porque se botavam em movimento.
Sei bem que esses nomes fertilizaram a minha
linguagem.
Eles deram a volta pelos primórdios e serão
para sempre o início dos cantos do homem.

DESPREZO

Desprezo era um lugarejo. Acho que lugar desprezado
é mais triste do que abandonado. Não sei por que
caminhos o mundo me tirou do Desprezo para este
Posto de gasolina na estrada que vai pra São Paulo.
Acho quase um milagre. Quando a gente morava no
Desprezo ele já era desprezado. Restavam três casas em
pé. E três famílias com oito guris que corriam pelas
estradas já cobertas de mato. Eu era um dos oito guris.
Agora estou aqui botando gasolina para os potentados.
Naquele tempo do Desprezo eu queria ser chão, isto
ser: para que em mim as árvores crescessem. Para que
sobre mim as conchas se formassem. Eu queria ser
chão no tempo do Desprezo para que sobre mim os
rios corressem. Me lembro que os moradores do
Desprezo, incluindo os oito guris, todos queriam ser
aves ou coisas ou novas pessoas. Isso quer dizer que
os moradores do Desprezo queriam ficar livres para
outros seres. Até ser chão servia como era o meu caso.
Ninguém era responsável pelas preferências dos outros.
Nem isso era uma brincadeira. Podia ser um sonho
saído do Desprezo. Uma senhora de nome Ana Belona
queria ser árvore para ter gorjeios. Ela falou que não
queria mais moer solidão. Tinha um homem com o
olhar sujo de dor que catava o cisco mais nobre do
lugar para construir outra casa. Não sei por que aquele
homem com olhar sujo de dor queria permanecer no
Desprezo. Eu não sei nada sobre as grandes coisas do
mundo, mas sobre as pequenas eu sei menos.

GRAMÁTICA DO POVO GUATÓ

Rogaciano era índio guató. Mas eu o conheci na condição de bugre. (Bugre é índio desaldeiado, pois não?) Ele andava pelas ruas de Corumbá bêbedo e sujo de catar papel por um gole de pinga no bar de Nhana. De tarde esfarrapado e com fome se encostava à parede de casa. A mãe fez um prato de comida e eu levei para Rogaciano. Ficamos a conversar. Ele ria pelas gengivas e mandava pra dentro feijão com arroz. O bife escorregava de gordura pelos beiços desse bugre. Rogaciano limpava a gordura com as costas da mão. Uma hora me falou que não sabia ler nem escrever. Mas seu avô que era o Xamã daquele povo lhe ensinara uma Gramática do Povo Guató. Era a Gramática mais pobre em extensão e mais rica em essência. Constava de uma só frase: *Os verbos servem para emendar os nomes.* E botava exemplos: Bem-te-vi cuspiu no chão. O verbo cuspir emendava o bem-te-vi com o chão. E mais: O cachorro comeu o osso. O verbo comer emendou o cachorro no osso. Foi o que me explicou Rogaciano sobre a Gramática do seu povo. Falou mais dois exemplos: Mariano perguntou: — Conhece fazer canoa pessoa? — Periga Albano fazer. Respondeu. Rogaciano, ele mesmo, não sabia nada, mas ensinava essa fala sem conectivos, sem bengala, sem adereços para a gurizada. Acho que eu gostasse de ouvir os nadas de Rogaciano não sabia. E aquele não saber me mandou de curioso para estudar linguística. Ao fim me pareceu tão sábio o Xamã dos Guatós quanto Sapir.

SOBRE IMPORTÂNCIAS

Um fotógrafo-artista me disse outra vez: Veja que
pingo de sol no couro de um lagarto é para nós mais
importante do que o sol inteiro no corpo do mar.
Falou mais: que a importância de uma coisa não se
mede com fita métrica nem com balanças nem com
barômetros etc. Que a importância de uma coisa há
que ser medida pelo encantamento que a coisa produza
em nós. Assim um passarinho nas mãos de uma criança
é mais importante para ela do que a Cordilheira dos
Andes. Que um osso é mais importante para o
cachorro do que uma pedra de diamante. E um dente
de macaco da era terciária é mais importante para os
arqueólogos do que a Torre Eiffel. (Veja que só um
dente de macaco!) Que uma boneca de trapos que abre
e fecha os olhinhos azuis nas mãos de uma criança é
mais importante para ela do que o Empire State
Building. Que o cu de uma formiga é mais importante
para o poeta do que uma Usina Nuclear. Sem precisar
medir o ânus da formiga. Que o canto das águas e das
rãs nas pedras é mais importante para os músicos do
que os ruídos dos motores da Fórmula 1. Há um
desagero em mim de aceitar essas medidas. Porém não
sei se isso é um defeito do olho ou da razão. Se é
defeito da alma ou do corpo. Se fizerem algum exame
mental em mim por tais julgamentos, vão encontrar
que eu gosto mais de conversar sobre restos de comida
com as moscas do que com homens doutos.

AULA

Nosso Profe. de latim, Mestre Aristeu, era magro e do
Piauí. Falou que estava cansado de genitivos, dativos,
ablativos e de outras desinências. Gostaria agora
de escrever um livro. Usaria um idioma de larvas
incendiadas. Epa! o profe. falseou-ciciou um colega.
Idioma de larvas incendiadas! Mestre Aristeu
continuou: quisera uma linguagem que obedecesse
a desordem das falas infantis do que as ordens
gramaticais. Desfazer o normal há de ser uma norma.
Pois eu quisera modificar nosso idioma com as
minhas particularidades. Eu queria só descobrir e não
descrever. O imprevisto fosse mais atraente do que o
dejá visto. O desespero fosse mais atraente do que a
esperança. Epa! o profe. desalterou de novo — outro
colega nosso denunciou. Porque o desespero é sempre
o que não se espera. *Verbi gratia*: um tropicão na pedra
ou uma sintaxe insólita. O que eu não gosto é de uma
palavra de tanque. Porque as palavras do tanque são
estagnadas, estanques, acostumadas. E podem até
pegar mofo. Quisera um idioma de larvas incendiadas.
Palavras que fossem de fontes e não de tanques. E um
pouco exaltado o nosso profe. disse: Falo de poesia,
meus queridos alunos. Poesia é o mel das palavras!
Eu sou um enxame! Epa!... Nisso entra o diretor do
Colégio que assistira à aula de fora. Falou: Seo Enxame
espere-me no meu gabinete. O senhor está ensinando
bobagens aos nossos alunos. O nosso mestre foi saindo
da sala, meio rindo a chorar.

ABANDONO

A gente morava na última casa de uma rua. Depois o
mato começava. Dois trilheiros entravam pelo mato.
Um trilheiro dava no rancho de Nhá Velina Cuê que
comia feijão com arara, quati com abóbora e cobra
com mandioca. O outro trilheiro esbarrava no rio.
Os meninos brincavam nus no rio entre pássaros.
Tinha um Bolivianinho, boliviano pé de pano entre os
guris. E um Gonçalo pé de galo orelha de meu cavalo.
Acho que o pé de pano do boliviano era só para trovar.
Assim como o pé de galo do Gonçalo. Descobri nesse
tempo que os apelidos pregam mais quando trovam.
Depois descobri naquele lugar a palavra abandono.
A palavra funcionava dentro e fora das pessoas. Eu
não sabia se era o lugar que transmitia o abandono às
pessoas ou se eram elas que transmitiam o abandono
ao lugar. Eu conhecia a palavra só de nome. Mas não
conhecia o lugar que pegava abandono. Por antes a
força da palavra é que me dava a noção. Mas em vista
do que vi o olhar reforça a palavra. O olhar segura a
palavra na gente. O cheiro e o amor do lugar também
participam. Todos os seres daquele lugar me pareciam
perdidos na terra, bem esquecidos como um lápis
numa península. Mas Nhá Velina Cuê me falou: este
abandono me protege. Acho que esse paradoxo reforça
mais a poesia do que a verdade.

UM OLHAR

Eu tive uma namorada que via errado. O que ela via
não era uma garça na beira do rio. O que ela via era
um rio na beira de uma garça. Ela despraticava as
normas. Dizia que seu avesso era mais visível do que
um poste. Com ela as coisas tinham que mudar de
comportamento. Aliás, a moça me contou uma vez
que tinha encontros diários com as suas contradições.
Acho que essa frequência nos desencontros ajudava
o seu ver oblíquo. Falou por acréscimo que ela não
contemplava as paisagens. Que eram as paisagens que
a contemplavam. Chegou de ir no oculista. Não era um
defeito físico falou o diagnóstico. Induziu que poderia
ser uma disfunção da alma. Mas ela falou que a ciência
não tem lógica. Porque viver não tem lógica — como
diria a nossa Lispector. Veja isto: Rimbaud botou a
Beleza nos joelhos e viu que a Beleza é amarga. Tem
lógica? Também ela quis trocar por duas andorinhas
os urubus que avoavam no Ocaso de seu avô. O Ocaso
de seu avô tinha virado uma praga de urubu. Ela queria
trocar porque as andorinhas eram amoráveis e os
urubus eram carniceiros. Ela não tinha certeza se essa
troca podia ser feita. O pai falou que verbalmente
podia. Que era só despraticar as normas. Achei certo.

AVENTURA

Achamos na beira do rio um sapo seco, e um pote.
O pote estava de barriga aberta ao sol. (Depois eu falo
do sapo.) Nas enchentes nem quase que não entravam
as águas para dentro do pote. Por forma que o pote era
seco e aberto aos ventos. Os bons ventos da tarde que
entravam com areia e cisco pelo ventre aberto do pote.
(Demoramos de dois anos para voltar àquele retiro.)
Agora, de volta, achamos o pote tibi de emprenhado.
A barriga do pote fosse agora um canteiro arrumado.
Estava bom de criar. Foi que veio daí um passarinho
e cagou na barriga do pote uma semente de roseira.
As chuvas e os ventos deram à gravidez do pote forças
de parir. E o pote pariu rosas. E esplendorado de amor
ficou o pote! De amor, de poesia e de rosas. E havia
perto, por caso, um sapo destripado e seco. A abertura
do ventre do sapo também se enchera de areia e cisco.
Também se fizera ele um canteiro arrumado. Foi que
outro passarinho veio e cuspiu outra semente de rosa
no ventre do sapo. E outra rosa nasceu na primavera.
Foi um dia de glória para o nosso olhar. As rosas do
sapo e do pote foram abençoadas de borboletas que
pousavam nas roseiras. Houvemos júbilo!

APRENDIMENTOS

O filósofo Kierkegaard me ensinou que cultura é o
caminho que o homem percorre para se conhecer.
Sócrates fez o seu caminho de cultura e ao fim falou
que só sabia que não sabia nada. Não tinha as certezas
científicas. Mas que aprendera coisas di-menor com a
natureza. Aprendeu que as folhas das árvores servem
para nos ensinar a cair sem alardes. Disse que fosse
ele um caracol vegetado sobre pedras, ele iria gostar.
Iria certamente aprender o idioma que as rãs falam
com as águas e ia conversar com as rãs. E gostasse
mais de ensinar que a exuberância maior está nos
insetos do que nas paisagens. Seu rosto tinha um lado
de ave. Por isso ele podia conhecer todos os pássaros
do mundo pelo coração de seus cantos. Estudara nos
livros demais. Porém aprendia melhor no ver, no
ouvir, no pegar, no provar e no cheirar. Chegou por
vezes de alcançar o sotaque das suas origens. Se
admirava de como um grilo sozinho, um só pequeno
grilo, podia desmontar os silêncios de uma noite!
Eu vivi antigamente com Sócrates, Platão, Aristóteles
— esse pessoal. Eles falavam nas aulas: Quem se
aproxima das origens se renova. Píndaro falava pra
mim que usava todos os fósseis linguísticos que achava
para renovar sua poesia. Os mestres pregavam que o
fascínio poético vem das raízes da fala. Sócrates falava
que as expressões mais eróticas são donzelas. E que
a Beleza se explica melhor por não haver razão
nenhuma nela. O que de mais eu sei sobre Sócrates
é que ele viveu uma ascese de mosca.

TEMPO

Eu não amava que botassem data na minha existência.
A gente usava mais era encher o tempo. Nossa data
maior era o *quando*. O *quando* mandava em nós.
A gente era o que quisesse ser só usando esse advérbio.
Assim, por exemplo: tem hora que eu sou *quando* uma
árvore e podia apreciar melhor os passarinhos. Ou:
tem hora que eu sou *quando* uma pedra. E sendo uma
pedra eu posso conviver com os lagartos e os musgos.
Assim: tem hora eu sou *quando* um rio. E as garças me
beijam e me abençoam. Essa era uma teoria que a gente
inventava nas tardes. Hoje eu estou *quando* infante.
Eu resolvi voltar *quando* infante por um gosto de voltar.
Como quem aprecia de ir às origens de uma coisa ou
de um ser. Então agora eu estou *quando* infante. Agora
nossos irmãos, nosso pai, nossa mãe e todos moramos
no rancho de palha perto de uma aguada. O rancho
não tinha frente nem fundo. O mato chegava perto,
quase roçava nas palhas. A mãe cozinhava, lavava e
costurava para nós. O pai passava o seu dia passando
arame nos postes de cerca. A gente brincava no terreiro
de cangar sapo, capar gafanhoto e fazer morrinhos de
areia. Às vezes aparecia na beira do mato com a sua
língua fininha um lagarto. E ali ficava nos cubando.
Por barulho de nossa fala o lagarto sumia no mato,
folhava. A mãe jogava lenha nos quatis e nos bugios
que queriam roubar nossa comida. Nesse tempo a gente
era *quando* crianças. Quem é *quando* criança a natureza
nos mistura com as suas árvores, com as suas águas,
com o olho azul do céu. Por tudo isso que eu não

gostasse de botar data na existência. Porque o tempo não anda pra trás. Ele só andasse pra trás botando a palavra *quando* de suporte.

UM DOUTOR

Um doutor veio formado de São Paulo. Almofadinha.
Suspensórios, colete, botina preta de presilhas. E um
trejeito no andar de pomba-rolinha. No verbo, diga-se
de logo, usava naftalina. Por caso, era um pernóstico
no falar. Pessoas simples da cidade lhe admiravam a
pose de doutor. Eu só via o casco. Fomos de tarde no
Bar O Ponto. Ele, meu pai e este que vos fala. Este
que vos fala era um rebelde adolescente. De pronto
o doutor falou pra meu pai: Meus parabéns Seo João,
parece que seu filho agora endireitou! E meu pai:
Ele nunca foi torto. Pintou um clima de urubu com
mandioca entre nós. O doutor pisou no rabo, eu
pensei. Ele ainda perguntou: E o comunismo dele? Está
quarando na beira do rio entre as capivaras, o pai
respondeu. O doutor se levantou da mesa e saiu com
seu andar de vespa magoada.

PELADA DE BARRANCO

Nada havia de mais prestante em nós senão a infância. O mundo começava ali. Nosso campo encostava na beira do rio. Um menino Guató chegava de canoa e embicava no barranco. Teria remado desde cedo para vir ocupar a posição de golquíper no Porto de Dona Emília Futebol Clube. Nosso valoroso time. As cercas laterais do campo eram de cansanção. Espinheiro fechado pra ninguém botar defeito. Guató já trazia do barranco duas pedras para servir de balizas. Os craques desciam da cidade como formigas. José de Camos nosso beque de espera também tinha a incumbência de soprar as bexigas. Porque a nossa bola era de bexiga, que às vezes caíam no rio e as piranhas devoravam. E se caísse no cansanção os espinhos furavam. Nosso campinho por miúdo só permitia times de sete: O goleiro, um beque de espera, um beque de avanço e três na linha. Chambalé nosso técnico impunha regras: só pode mijar no rio e não pode jogar de botina. Sabastião era centroavante. Chutava no rumo certo. Sabia as variações da bexiga no vento e botava no grau certo. Quando alguém enfiava as unhas na pedra abria uma vaga. Metade de nossos craques eram filhos de lavandeiras e outra metade de pescadores. Na aba do campo a namorada do Sabastião torcia: quebra esse Saba, destina eles pras piranhas. Mas Chambalé não deixava destinar. Quem destina é Deusi — falava. No fim do jogo alguns iam bater bronha, outros iam no mato jogar o mantimento e outros iam pelotear passarinho. Guató pegava a canoa e remava até a aldeia a mil metros dali. A cidade onde a gente morava foi feita em cima de uma pedra branca enorme. E o rio paraguaio, lá embaixo, corria com suas piranhas e os seus camalotes.

A TERCEIRA INFÂNCIA

FONTES

Três personagens me ajudaram a compor estas
memórias. Quero dar ciência delas. Uma, a criança;
dois, os passarinhos; três, os andarilhos. A criança me
deu a semente da palavra. Os passarinhos me deram
desprendimento das coisas da terra. E os andarilhos, a
presciência da natureza de Deus. Quero falar primeiro
dos andarilhos, do uso em primeiro lugar que eles
faziam da ignorância. Sempre eles sabiam tudo sobre
o nada. E ainda multiplicavam o nada por zero —
o que lhes dava uma linguagem de chão. Para nunca
saber onde chegavam. E para chegar sempre de
surpresa. Eles não afundavam estradas, mas inventavam
caminhos. Essa a pré-ciência que sempre vi nos
andarilhos. Eles me ensinaram a amar a natureza.
Bem que eu pude prever que os que fogem da natureza
um dia voltam para ela. Aprendi com os passarinhos a
liberdade. Eles dominam o mais leve sem precisar ter
motor nas costas. E são livres para pousar em qualquer
tempo nos lírios ou nas pedras — sem se machucarem.
E aprendi com eles ser disponível para sonhar. O outro
parceiro de sempre foi a criança que me escreve. Os
pássaros, os andarilhos e a criança em mim são meus
colaboradores destas *Memórias inventadas* e doadores
de suas fontes.

INVENÇÃO

Inventei um menino levado da breca para me ser.
Ele tinha um gosto elevado para chão.
De seu olhar vazava uma nobreza de árvore.
Tinha desapetite para obedecer a arrumação das
coisas.
Passarinhos botavam primavera nas suas palavras.
Morava em maneira de pedra na aba de um morro.
O amanhecer fazia glória em seu estar.
Trabalhava sem tréguas como os pardais bicam as
tardes.
Aprendeu a dialogar com as águas ainda que não
soubesse nem as letras que uma palavra tem.
Contudo que soletrasse rãs melhor que mim!
Era beato de sapos.
Falava coisinhas seráficas para os sapos como se
namorasse com eles.
De manhã pegava o regador e ia regar os peixes.
Achava arrulhos antigos nas estradas abandonadas.
Havia um dom de traste atravessado nele.
Moscas botavam ovo no seu ornamento de trapo.
As garças pensavam que ele fosse árvore e faziam
sobre ele suas brancas bostas.
Ele não estava nem aí para os estercos brancos.
Porém o menino levado da breca ao fim me falou
que ele não fora inventado por esse cara poeta
Porque fui eu que inventei ele.

JUBILAÇÃO

Tenho gosto de lisonjear as palavras ao modo que o
Padre Vieira lisonjeava. Seria uma técnica literária do
Vieira? É visto que as palavras lisonjeadas se
enverdeciam para ele. Eu uso essa técnica. Eu lisonjeio
as palavras. E elas até me inventam. E elas se mostram
faceiras para mim. Na faceirice as palavras me
oferecem todos os seus lados. Então a gente sai a vadiar
com elas por todos os cantos do idioma. Ficamos a
brincar brincadeiras e brincadeiras. Porque a gente não
queria informar acontecimentos. Nem contar episódios.
Nem fazer histórias. A gente só gostasse de fazer de
conta. De inventar as coisas que aumentassem o nada.
A gente não gostasse de fazer nada que não fosse de
brinquedo. Essas vadiagens pelos recantos do idioma
seriam só para fazer jubilação com as palavras. Tirar
delas algum motivo de alegria. Uma alegria de não
informar nada de nada. Seria qualquer coisa como
a conversa no chão entre dois passarinhos a catar
perninhas de moscas. Qualquer coisa como jogar
amarelinha nas calçadas. Qualquer coisa como correr
em cavalo de pau. Essas coisas. Pura jubilação sem
compromissos. As palavras mais faceiras gostam
de inventar travessuras. Uma delas propôs que
ficássemos de horizonte para os pássaros. E os pássaros
voariam sobre o nosso azul. Eu tentei me horizontar
às andorinhas. E as palavras mais faceiras queriam se
enluarar sobre os rios. Se ficassem prateadas sobre os
rios falavam que os peixinhos viriam beijá-las. A gente
brincava no prateado das águas. A mais pura jubilação!

O MENINO QUE GANHOU UM RIO

Minha mãe me deu um rio.
Era dia de meu aniversário e ela não sabia o que me
presentear.
Fazia tempo que os mascates não passavam naquele
lugar esquecido.
Se o mascate passasse a minha mãe compraria rapadura
Ou bolachinhas para me dar.
Mas como não passara o mascate, minha mãe me deu
um rio.
Era o mesmo rio que passava atrás de casa.
Eu estimei o presente mais do que fosse uma rapadura
do mascate.
Meu irmão ficou magoado porque ele gostava do rio
igual aos outros.
A mãe prometeu que no aniversário do meu irmão
Ela iria dar uma árvore para ele.
Uma que fosse coberta de pássaros.
Eu bem ouvi a promessa que a mãe fizera ao meu irmão
E achei legal.
Os pássaros ficavam durante o dia nas margens do
meu rio
E de noite eles iriam dormir na árvore do meu irmão.
Meu irmão me provocava assim: a minha árvore
deu flores lindas em setembro.
E o seu rio não dá flores!
Eu respondia que a árvore dele não dava piraputanga.
Era verdade, mas o que nos unia demais eram
os banhos nus no rio entre pássaros.
Nesse ponto nossa vida era um afago!

CORUMBÁ REVISITADA

A cidade ainda não acordou. O silêncio do lado de
fora é mais espesso. Dobrados sobre os escuros
dormem os girassóis. Eu estou atoando nas ruas moda
moscas sem tino. O sol ainda vem escorado por bando
de andorinhas. Procuro um trilheiro de cabras que
antes me levava a um porto de pescadores. Desço
pelo trilheiro. Me escorrego nas pedras ainda
orvalhadas. Passa por mim uma brisa com asas de
garças. As garças estão a descer para as margens do rio.
O rio está bufando de cheio. Há bugios ainda nas
árvores ribeirinhas. Logo os bugios subirão para as
árvores da cidade. O rio está esticado de rãs até os
joelhos. Chego no porto dos pescadores. Há canoas
embicadas e mulheres destripando peixes. Ao lado os
meninos brincam de cangapés. Das pedras ainda não
sumiram os orvalhos. Batelões mascateiros balançam
nas águas do rio. Procuro meus vestígios nestas areias.
Eu bem recebia as pétalas do sol em mim. Queria saber
o sonho daquelas garças à margem do rio. Mas não foi
possível. Agora não quero saber mais nada, só quero
aperfeiçoar o que não sei.

PERALTAGEM

O canto distante da sariema encompridava a tarde.
E porque a tarde ficasse mais comprida a gente sumia
dentro dela.
E quando o grito da mãe nos alcançava a gente já
estava do outro lado do rio.
O pai nos chamou pelo berrante.
Na volta fomos encostando pelas paredes da casa pé
ante pé.
Com receio de um carão do pai.
Logo a tosse do vô acordou o silêncio da casa.
Mas não apanhamos nem.
E nem levamos carão nem.
A mãe só que falou que eu iria viver leso fazendo só
essas coisas.
O pai completou: ele precisava de ver outras coisas
além de ficar ouvindo só o canto dos pássaros.
E a mãe disse mais: esse menino vai passar a vida
enfiando água no espeto!
Foi quase.

FORMAÇÃO

Fomos formados no mato — as palavras e eu. O que
de terra a palavra se acrescentasse, a gente se
acrescentava de terra. O que de água a gente se
encharcasse, a palavra se encharcava de água. Porque
nós íamos crescendo de em par. Se a gente recebesse
oralidades de pássaros, as palavras receberiam
oralidades de pássaros. Conforme a gente recebesse
formatos da natureza, as palavras incorporavam as
formas da natureza. Em algumas palavras encontramos
subterrâncias de caramujos e de pedras. Logo as
palavras se apropriavam daqueles fósseis linguísticos.
Se a brisa da manhã despetalasse em nós o amanhecer,
as palavras amanheciam. Podia se dizer que a gente
estivesse pregado na vida das palavras ao modo que
uma lesma estivesse pregada na existência de uma
pedra. Foi no que deu a nossa formação. Voltamos ao
homem das cavernas. Ao canto inaugural. Pegamos
na semente da voz. Embicamos na metáfora. Agora
a gente só sabe fazer desenhos verbais com imagens.
Tipo assim: Hoje eu vi outra rã sentada sobre uma
pedra ao jeito que uma garça estivesse sentada de tarde
na solidão de outra pedra. Foi no que deu a nossa
formação. Eu acho bela! Eu acompanho.

DELÍRIOS

Eu estava encostado na manhã como se um pássaro
à toa estivesse encostado na manhã. Me veio uma
aparição: Vi a tarde correndo atrás de um cachorro.
Eu teria 14 anos. Essa aparição deve ter vindo de
minhas origens. Porque nem me lembro de ter visto
nenhum cachorro a correr de uma tarde. Mas tomei
nota desse delírio. Esses delírios irracionais da
imaginação fazem mais bela a nossa linguagem. Tomei
nota desse delírio em meu caderno de frases. Àquele
tempo eu já guardava delírios. Tive outra visão naquele
mês. Mas preciso antes contar as circunstâncias. Eu
exercia um pedaço da minha infância encostado à
parede da cozinha no quintal de casa. Lá eu brincava
de cangar sapos. Havia muitos sapos atrás da cozinha.
A gente bem se entendia. Eu reparava que os sapos têm
o couro das costas bem parecido com o chão. Além de
que eram do chão e encardidos. Um dia eu falei pra
mãe: Sapo é um pedaço de chão que pula. A Mãe disse
que eu estava meio variado. Que sapo não é um pedaço
de chão. Só se fosse no meu delírio. Isso até eu sabia,
mas me representava que sapo é um pedaço de chão
que pula. Hoje estou maiorzinho e penso no Profeta
Jeremias. Ele tanto lamentava de ver a sua Sião
destruída e arrasada pelo fogo que em casa lhe veio
esta visão: Até as pedras da rua choravam. Ao escrever
a um amigo, mais tarde, na paz de sua casa, se lembrou
do delírio: até as pedras da rua choravam. Era tão bela
a frase porque irracional. Ele disse.

CIRCO

Nunca achei que fosse uma transgressão furar circo.
Ainda porque a gente não sabiava o que era aquela
palavra. Achávamos que transgressão imitava
traquinagem. Mas não tinha essa imitagem.
Transgressão era uma proibição seguida de cadeia.
Algum tempo depois li uma crônica do grande Rubem
Braga na qual ele contava que ficara indignado com
uma placa no jardim do seu bairro onde estava escrito:
É proibido pisar na grama. Braga viu-se castrado em
sua liberdade e pisou na grama e pisou na grama.
Fecha o parêntese do Rubem. Mas a gente furava circo
assim mesmo. Na ignorância. Partia que éramos em
cinco. Quatro guris de seis anos e o Clóvis, nosso
comandante, com doze anos. Clóvis seria o professor
de as coisas que a gente não sabiava. Partiu que naquele
dia furamos a lona do circo bem no camarim dos
artistas. Ficamos arregalados de alma e olho. E o Clóvis
se deliciava de olhar as trapezistas. Elas ficavam nuas e
se trocavam. As trapezistas tinham uma aranha escura
acima da virilha. O Clóvis logo nos ensinou sobre as
aranhas. Que elas tinham um corte no meio e podiam
ser negras ou ruivas. Contou-nos o Clóvis que ele
tomava banho com a tia dele todos os dias. E que a
aranha dela era enorme que as outras. Depois ele
perguntou-nos se sabíamos por que as mulheres não
mandam urina longe, a distância? A gente não sabia.
E o professor nos ensinou. É porque elas não têm cano.
Era só uma questão de cano! A gente aprendeu.

SOBERANIA

Naquele dia, no meio do jantar, eu contei que tentara
pegar na bunda do vento — mas o rabo do vento
escorregava muito e eu não consegui pegar. Eu teria
sete anos. A mãe fez um sorriso carinhoso para mim
e não disse nada. Meus irmãos deram gaitadas me
gozando. O pai ficou preocupado e disse que eu tivera
um vareio da imaginação. Mas que esses vareios
acabariam com os estudos. E me mandou estudar em
livros. Eu vim. E logo li alguns tomos havidos na
biblioteca do Colégio. E dei de estudar pra frente.
Aprendi a teoria das ideias e da razão pura. Especulei
filósofos e até cheguei aos eruditos. Aos homens de
grande saber. Achei que os eruditos nas suas altas
abstrações se esqueciam das coisas simples da terra.
Foi aí que encontrei Einstein (ele mesmo — o Alberto
Einstein). Que me ensinou esta frase: A imaginação é
mais importante do que o saber. Fiquei alcandorado!
E fiz uma brincadeira. Botei um pouco de inocência
na erudição. Deu certo. Meu olho começou a ver de
novo as pobres coisas do chão mijadas de orvalho.
E vi as borboletas. E meditei sobre as borboletas. Vi
que elas dominam o mais leve sem precisar de ter
motor nenhum no corpo. (Essa engenharia de Deus!)
E vi que elas podem pousar nas flores e nas pedras sem
magoar as próprias asas. E vi que o homem não tem
soberania nem pra ser um bem-te-vi.

MANOEL POR MANOEL

Eu tenho um ermo enorme dentro do olho. Por motivo do ermo não fui um menino peralta. Agora tenho saudade do que não fui. Acho que o que faço agora é o que não pude fazer na infância. Faço outro tipo de peraltagem. Quando era criança eu deveria pular muro do vizinho para catar goiaba. Mas não havia vizinho. Em vez de peraltagem eu fazia solidão. Brincava de fingir que pedra era lagarto. Que lata era navio. Que sabugo era um serzinho mal resolvido e igual a um filhote de gafanhoto. Cresci brincando no chão, entre formigas. De uma infância livre e sem comparamentos. Eu tinha mais comunhão com as coisas do que comparação.

Porque se a gente fala a partir de ser criança, a gente faz comunhão: de um orvalho e sua aranha, de uma tarde e suas garças, de um pássaro e sua árvore. Então eu trago das minhas raízes crianceiras a visão comungante e oblíqua das coisas. Eu sei dizer sem pudor que o escuro me ilumina. É um paradoxo que ajuda a poesia e que eu falo sem pudor. Eu tenho que essa visão oblíqua vem de eu ter sido criança em algum lugar perdido onde havia transfusão da natureza e comunhão com ela. Era o menino e os bichinhos. Era o menino e o sol. O menino e o rio. Era o menino e as árvores.

Cronologia

1916 Nasce Manoel Wenceslau Leite de Barros, em 19 de dezembro, no Beco da Marinha, em Cuiabá (MT), segundo filho de João Wenceslau Leite de Barros e Alice Pompeo Leite de Barros. Após dois meses, a família fixa residência em Corumbá e depois numa fazenda na Nhecolândia, no Pantanal mato-grossense.

1922 Começa a ser alfabetizado pela tia, Rosa Pompeo de Campos.

1925-1928 Completa os estudos primários em um internato em Campo Grande.

1928-1934 Muda-se para o Rio de Janeiro para fazer os estudos ginasiais e secundários em regime de internato no Colégio São José, dos maristas. Lê os clássicos das literaturas portuguesa e francesa, e descobre sua paixão e vocação para a poesia nos *Sermões* do padre Antônio Vieira.

1929 Nasce Abílio Leite de Barros, em Corumbá, o último dos cinco irmãos de Manoel. Antes dele, Antonio Pompeo Leite de Barros, nascido em 1915; Ana Maria Leite de Barros, em 1919; Neuza Leite de Barros, em 1920; e Eudes Leite de Barros, em 1926.

1934 É aprovado para o curso de direito. Influenciado por Camões, escreve cerca de cento e cinquenta sonetos. Entra em contato com a obra de autores modernistas como Raul Bopp, Mário de Andrade, Carlos Drummond de Andrade e Manuel Bandeira.

1935 Filia-se ao Partido Comunista, do qual se desliga em 1945, após a aliança de Luís Carlos Prestes com o poder. Participa de atividades clandestinas na Juventude Comunista e tem o manuscrito de seu primeiro livro, *Nossa Senhora da Minha Escuridão*, apreendido pela polícia de Getúlio Vargas.

1937 Publica seu primeiro livro de poesia, *Poemas concebidos sem pecado*, em edição artesanal, com o apoio de Henrique Vale, no Rio de Janeiro.

1940-1941 Vai para o Mato Grosso, onde recusa a direção de um cartório oferecida pelo pai. Retorna ao Rio de Janeiro e passa a atuar como advogado junto ao Sindicato dos Pescadores.

1942 Publica *Face imóvel*.

1943-1945 Viaja a Nova York, onde frequenta cursos de cinema e pintura no MoMA. Conhece *Poeta en Nueva York*, de García Lorca, e a obra de poetas e escritores de língua inglesa como T.S. Eliot, Ezra Pound e Stephen Spender. Viaja pela América do Sul (Bolívia e Peru) e pela Europa (Roma, Paris, Lisboa).

1947 Casa-se com Stella dos Santos Cruz, com quem teve três filhos: Pedro Costa Cruz Leite de Barros, em 1948; Martha Costa Cruz Leite de Barros, em 1951; e João Wenceslau Leite de Barros, em 1955.

1949 Falece seu pai, João Wenceslau Leite de Barros.

1956 Publica *Poesias*.

1958 Herda fazenda no Pantanal mato-grossense. A conselho da esposa, decide retornar com a família para o Mato Grosso para administrar a propriedade e desenvolver a atividade de pecuarista.

1961 Publica *Compêndio para uso dos pássaros*, com desenhos de João, seu filho, então com cinco anos, na capa e na contracapa.

O livro conquista o Prêmio Orlando Dantas, do *Diário de Notícias*, Rio de Janeiro.

1969 Publica *Gramática expositiva do chão*.

O livro conquista o Prêmio Nacional de Poesia em Brasília e o Prêmio da Fundação Cultural do Distrito Federal.

1974 Publica *Matéria de poesia*.

Passa a ser lido e comentado por escritores como Millôr Fernandes, Fausto Wolff, Antônio Houaiss, João Antônio e Ismael Cardim.

1982 Publica *Arranjos para assobio*, com capa de Millôr Fernandes.

É premiado pela Associação Paulista de Críticos de Arte (APCA).

1984 Falece sua mãe, Alice Pompeo Leite de Barros.

1985 Publica *Livro de pré-coisas*.

1989 Publica *O guardador de águas*.

1990 Publica *Gramática expositiva do chão (poesia quase toda)*. A edição tem prefácio de Berta Waldman, ilustrações de Poty e inclui todos os livros de poesia de Manoel publicados até o momento.

Recebe diversos prêmios: Prêmio Jabuti na categoria Poesia, por *O guardador de águas*; Grande Prêmio APCA de Literatura; e Prêmio Jacaré de Prata, da Secretaria de Cultura do Mato Grosso do Sul, como melhor escritor do ano.

1991 Publica *Concerto a céu aberto para solos de ave*, com capa e vinhetas de Siron Franco.

1993 Publica *O livro das ignorãças* em duas edições: uma edição comercial e outra de trezentos exemplares, numerados e assinados pelo autor, para a Sociedade dos Bibliófilos do Brasil.

1996 Publica *Livro sobre nada*, com capa e ilustrações de Wega Nery.

A Sociedade dos Bibliófilos do Brasil, sob curadoria e apresentação de José Mindlin, publica a antologia *O encantador de palavras*, com ilustrações de Siron Franco.

A revista alemã *Alkzent* publica *Das Buch der Unwissenheiten*, tradução de Kurt Meyer-Clason de *O livro das ignorãças*.

Recebe o Prêmio Alphonsus de Guimaraens, da Biblioteca Nacional, por *O livro das ignorãças*.

1997 Recebe o Prêmio Nestlé de Literatura, por *Livro sobre nada*.

1998 Publica *Retrato do artista quando coisa*, com capa e ilustrações de Millôr Fernandes.

Recebe o Prêmio Nacional de Literatura, do Ministério da Cultura, pelo conjunto da obra.

1999 Publica o livro infantil *Exercícios de ser criança*, ilustrado com bordados de Antônia Zulma Diniz, Ângela, Marilu, Martha e Sávia Dumont sobre desenhos de Demóstenes Vargas.

2000 Publica *Ensaios fotográficos*.

É lançada em Portugal a antologia *O encantador de palavras*.

Recebe diversos prêmios: Prêmio Cecília Meireles, do Ministério da Cultura, pelo conjunto da obra; Prêmio Pen Clube do Brasil de melhor livro de poesia; Prêmio ABL de Literatura Infantil e Prêmio

Odylo Costa Filho, da Fundação Nacional do Livro Infantil e Juvenil (FNLIJ), por *Exercícios de ser criança*.

2001 Publica *Tratado geral das grandezas do ínfimo*.

Publica o livro infantil *O fazedor de amanhecer*, com ilustrações de Ziraldo.

2002 Recebe o Prêmio Jabuti na categoria Livro do Ano Ficção, por *O fazedor de amanhecer*.

É lançada em Málaga, Espanha, a edição bilíngue *Todo lo que no invento es falso (Antología)*, com tradução e prefácio de Jorge Larrosa.

2003 Publica *Memórias inventadas: A infância* e o livro infantil *Cantigas por um passarinho à toa*, com ilustrações de Martha Barros.

Publica na França *La Parole sans limites (une didactique de l'invention)*, tradução de Celso Libânio de *O livro das ignorãças*, com ilustrações de Cícero Dias e capa de Martha Barros.

2004 Publica *Poemas rupestres*.

Recebe o Prêmio Odylo Costa Filho, da FNLIJ, por *Cantigas por um passarinho à toa*.

2005 É publicado na Espanha, em catalão, o livro *Riba del dessemblat: Antologia poètica*, com tradução e prólogo de Albert Roig.

Recebe o Prêmio APCA de Literatura na categoria Poesia, por *Poemas rupestres*.

2006 Publica *Memórias inventadas: A segunda infância*, com ilustrações de Martha Barros.

Recebe o Prêmio Nestlé de Literatura, por *Poemas rupestres*.

2007 Publica o livro infantil *Poeminha em Língua de brincar*, com ilustrações de Martha Barros.

É publicado em Portugal *Compêndio para uso dos pássaros — Poesia reunida, 1937-2004*.

Morre seu filho João Wenceslau Leite de Barros.

2008 Publica *Memórias inventadas: A terceira infância*, com ilustrações de Martha Barros.

Este livro conquista o Prêmio APCA de Literatura na categoria Memória.

2009 Recebe o Prémio Sophia de Mello Breyner Andresen, atribuído pela Câmara Municipal de São João da Madeira e pela Associação Portuguesa de Escritores (APE), por *Compêndio para uso dos pássaros — Poesia reunida, 1937-2004*.

2010 Publica *Menino do mato*.

Publica *Poesia completa* no Brasil e em Portugal.

Recebe o Prêmio Bravo! Bradesco Prime de Cultura como melhor artista do ano.

2011 Publica *Escritos em verbal de ave.*

2012 Recebe o Prémio de Literatura Casa da América Latina/Banif 2012 de Criação Literária, Lisboa, por *Poesia completa* e o Prêmio ABL de Poesia, por *Escritos em verbal de ave.*

2013 Publica seu último poema, "A turma".

Morre seu filho Pedro Costa Cruz Leite de Barros.

2014 Falece em 13 de novembro, em Campo Grande (MS).

Manoel (agachado, à esq.) com os colegas do
colégio interno marista São José, no Rio de Janeiro, *c.* 1930.

Em Corumbá, na casa de Ana Maria, irmã de Manoel, c. 1945.

Os identificados na foto são: (1) Manoel de Barros; (2) Mario Calábria, grande amigo de Manoel e, desde 1962, cônsul-geral do Brasil em Munique, na Alemanha; (3) André Melquíades de Barros, cunhado de Manoel; (4) Ana Maria Leite de Barros, irmã de Manoel, casada com André; (5) João Wenceslau, pai de Manoel; (6) "Tia Dili"; (7) Eudes Leite de Barros, irmã de Manoel; (8) Doraci, sobrinha de Manoel; (9) Abílio Leite de Barros, irmão de Manoel.

Manoel e o filho mais novo, João, na praça Pio XI,
no Jardim Botânico, Rio de Janeiro, *c.* 1956.

Martha Barros com o pai, anos 2010.

Close de Manoel dos anos 2000.

Manoel e Stella em casa, em Campo Grande, junho de 2001.

Dez respostas para Fabrício Carpinejar, jornal *Zero Hora*,
12/05/2003 — Por Manoel de Barros

1. Estas pequenas histórias foram inventadas para contar uma
vida que idealizei para o poeta. Com certeza alguma coisa de
mim há de estar nesse ideal. Exemplo: Eu, na verdade, nunca
fui pego praticando ato solitário. Mas tive um colega de
internato que fazia isso para ser pego só para ficar lendo
coisas na hora do recreio. Ele não gostava de brincar. Só
gostava de ficar lendo. Acabou embaixador brasileiro em
Moscou e noutras capitais. Todas essas histórias abeiram
semelhanças.

2. No caso dos avôs há uma semelhança. Fica bem claro que
com a idade a gente volta à infância. Eu não conheci nenhum
avô meu. Minha mãe contava algumas histórias do avô dela
quando estava muito velho. Eles moravam num sítio longe
de Cuiabá duas léguas. Um dia o avô montou no seu cavalo
para ir a Cuiabá. No meio do caminho desceu do cavalo para
urinar. O cavalo virou a cara para o Sítio. O avô montou e
voltou ao Sítio. Desceu, entrou em casa e disse para minha
mãe: Ué Cuiabá mudou muito, já tem até vaca na rua! Guardo
alguma dessas histórias, me vejo nelas, e viro poemas com
elas.

3. Eu já escrevi que as palavras entram no cio quando eu faço
carícias para elas. Elas chegam a me convidar. Eu aceito os
convites. E temos uma relação quase carnal para o poema.
Todas as palavras que uso me contêm. Fica mesmo parecendo
que a linguagem é concubina minha. Já pensei nisso
seriamente e me achei um tarado.

4. Só vou por caminhos ignorados. Nunca sei o que está no
fim. A primeira frase sugere as outras. Vou indo cego. Só
percebo o aroma das palavras. Chego ao fim do poema com
surpresa. Sou comandado pelas palavras. Não conduzo nem
a mim quanto mais os leitores. Não tenho a sina de ensinar.
Para mim poesia é manifestação errática.

....

1. Estas pequenas histórias foram inventadas para contar
uma vida que idealizei para o poeta. Com certeza alguma
coisa de mim há de estar nesse ideal.Exemplo : Eu, na
verdade nunca fui pego praticando ato solitário. Mas
tive um colega de internato que fazia isso para ser pego
só para ficar lendo coisas na hora do recreio. Ele não
gostava de brincar. Só gostava de ficar lendo. Acabou
embaixador brasileiro em Moscou e toutras capitais. Todas
essas histórias abeiram semelhanças.

2. No caso dos avôs há uma semelhança. Fica bem claro que
com a idade a gente volta à infância.Eu não conheci nenhum
avô meu. Minha mãe contava algumas histórias do avô dela
quando estava muito velho.Eles moravam num sítio longe de
Cuiabá duas léguas. Um dia o avô montou no seu cavalo para
ir a Cuiabá.No meio do caminho desceu do cavalo para urinar.
O cavalo virou a cara para o Sítio. O avô montou e voltou
ao Sítio.Desceu, entrou em casa e disse para minha mãe : Ué
Cuiabá mudou muito, já tam até vaca na rua !Guardo algumas
dessas histórias, me vejo Nelas, e viro poemas com elas.

3. Eu já escrevi que as palavras entram no cio quando eu
faço carícias para elas. Elas chegam a me convidar. Eu aceito
os convites. E temos uma relação quase carnal para o poema.
Todas as palavras que uso me contém.Fica mesmo parecendo
que a linguagem é concubina minha.Já pensei nisso seriamente
e me achei um tarado.

4. Só vou por caminhos ignorados. Nunca sei o que está no
fim. A primeira frase sugere as outras. Vou indo cego. Só
percebo o aroma das palavras.Chego ao fim do poema com
surpreza. Sou comandado pelas palvras.Não conduzo nem a mim
quanto mais os leitores. Não tenho a sina de ensinar. Para mim
poesia é manifestação errática.

Respostas de Manoel para entrevista realizada na ocasião do
lançamento da primeira infância do *Memórias inventadas*, em 2003.

5. Há muitas maneiras de não dizer nada sobre nós. As memórias são a melhor maneira. Pra dizer verdade, no meu caso, o que faço é aumentar o que não aconteceu.

6. Estou pensando em voltar à Theologia do Traste. Não será um livro de poemas. Nem seria um livro de meditações tipo Levítico em que se conversasse sobre a pureza e as impurezas do ser humano. Eu quisera só sacralizar o traste.

7. Martha mora no Rio e faz suas artices por lá. Eu moro aqui em Campo Grande e cometo os meus poemas aqui. Foi o editor que nos juntou. Ele disse que a Martha também dá importância ao desimportante. Acho que temos almas gêmeas.

8. Acho que eu nunca disse como deve ser a poesia. Porque eu também não sei. Acho que só a poesia não aguenta os exames da razão. Repito: em poesia temos que jogar pedra na Razão.

9. Acho que inconsciente é o lugar aonde as palavras ainda estão se formando. Ali é o porão da poesia. Depois que a palavra sai do porão, temos que limpá-las de suas placentas. Dói mais enxugar o escuro das palavras.

10. Penso que qualquer arte, não só da poesia, há de carregar um dom de eucaristia. Arte há de ser para sempre uma comunhão da Natureza de Deus com a nossa naturezinha particular. Por isso que estilo é particularidade.

Manoel de Barros

Em 12-5-2003, Campo Grande
Meu caro poeta
Fabrício Carpinejar,
Respondi só as 10 primeiras perguntas. É o meu tirão.
Espero que possam ajudar o seu trabalho.
Muito obrigado por sua atenção.
Fraterno abraço do
Manoel de Barros

5. Há muitas maneiras de não dizer nada sobre nós.
As memórias são a melhor maneira. Pra dizer verdade,
no meu caso, o que faço é aumentar o que não aconteceu.

6.Estou pensando em voltar à Theologia do Traste .
Não será um livro de poemas. Nem seria um livro de
meditações tipo Levítico em que se conversasse sobre
a pureza e as impurezas do ser humano. Eu quizera só
sacralizar o traste.

7.Martha mora no Rio e faz suas artices por lá. Eu
moro aqi em Campo Grande e cometo os meus poemas aqui.
Foi o editor que nos juntou. Ele disse que a Martha
também dá importância ao desimportante. Acho que
temos almas gêmeas.

8. Acho que eu nunca disse como deve ser a poesia.
Porque eu também não sei. Acho só que a poesia não
agüenta os exames da razão. Repito : em poesia temos
que jogar pedra na Razão.

9. Acho que inconsciente é o lugar aonde as palavras
ainda estão se formando.Ali é o porão da poesia.
Depois que a palavra sai do porão, temos que
limpá-las de suas placentas. Dói mais enxugar o
escuro das palavras.

10. Penso que qualquer arte, não só da poesia, há
de carregar um dom de eucaristia.Arte há de ser para
sempre uma comunhão da Natureza de Deus com a nossa
naturezinha particular. Por isso que estilo é
particularidade.

Manoel de Barros

Em 12-5-2003, Campo Grande.
Meu caro poeta
Fabrício Carpinejar.
Respondi só as 10 primeiras perguntas. É o meu tirão.
Espero que possam ajudar o seu trabalho.
Muito obrigado por sua atenção.
Fraterno abraço do

Manoel de Barros

Respostas ao jornalista Julio Assis de *O Tempo* por
ocasião do lançamento da segunda infância (2006)
do *Memórias inventadas*

1. Autobiografia não é mesmo o que faço. Há fatos que
aconteceram comigo e com outrem. Por exemplo no Texto
Bocó: parvo eu sou e capaz até hoje de ficar na beira do rio a
catar caracóis e pedrinhas redondas. Inclusive conheço muitos
que fazem isso. É um modo de aproveitar a vida. Mas eu
mesmo nunca fui correndo aos dicionários atrás da palavra
Bocó. Imaginei apenas que algum de nós poderia fazer isso:
buscarmos sem dicionários aquela palavra. Não é verdade
inteira, mas é verossimilhança.

2. Os textos da 2ª infância foram escritos depois que saíram
editados os da 1ª infância. Todos saíram da Fonte do Ser.
A lembrança da infância jorra em qualquer tempo.

3. Acho que aos noventa eu tenho mais liberdade para
peraltagem. Nessa idade eu preciso mais das reminiscências.
E eu estou mais adestrado para mexer com as palavras.

4. Eu não trato das coisas desimportantes. Elas que são
agarrativas e se pregam em minhas palavras. Parece que as
minhas palavras gostam do cisco; do chão e das águas tristes
do chão.

5. Penso que com o hábito de escrever sempre, as palavras
se entregam mais dóceis a mim. As letras, as sílabas, as
palavras se encostam com mais cuidado para dar às frases
harmonia e ritmo.

6. Leio atualmente e sempre o livro mais novo: O Velho
Testamento.

Respostas ao Jornalista Julio Assis   de O tempo, MG.

1. Autobiografia não é mesmo o que faço. Há fatos que aconteceram comigo e com outrem. Por exemplo no Texto Bocó: parvo eu sou e capaz até hoje de ficar na beira do rio a catar caracóis e pedrinhas redondas. Inclusive conheço muitos que fazem isso. É um modo de aproveitar a vida. Mas eu mesmo nunca fui correndo aos dicionários atrás da palavra Bocó. Imaginei apenas que alguém de nós poderia fazer isso: buscar no seu dicionário aquela palavra. Não é verdade inteira, mas é verossimilhança.

2. Os textos da 2ª infância foram escritos depois que saíram editados os de 1ª infância. Todos saíram de Fonte do Ser. A lembrança da infância jorra em qualquer tempo

3. Acho que aos noventa eu tenho mais liberdade para peraltagem. Nessa idade eu preciso mais das reminiscências. E eu estou mais adestrado para mexer com as palavras;

4. Eu não trato das coisas desimportantes. Elas que são agenetivas e se pregam em minhas palavras. Parece que as minhas palavras gostam do cisco, do chão e das águas tristes do chão,

5. Penso que com o hábito de escrever sempre, as palavras se entregam mais dóceis a mim. As letras, as sílabas, as palavras se encostam com mais cuidado para dar às frases harmonia e ritmo.

6. Leio atualmente e sempre o livro mais novo: O Velho Testamento,

O tempo só anda de ida.
A gente nasce cresce amadurece
Envelhece e morre,
Pra não morrer tem que amarrar o
tempo no poste.
Eis a ciência da poesia:
Amarrar o Tempo no poste!

Para mim
O ver é musical
Mais do que o ouvir.
Eu escuto as palavras pela cor que elas têm.
Pela forma com que se apresentam.
Ouço as vogais com o meu olhar
Se entre as sílabas vejo harmonias
Procuro ouvi-las com o olhar,
As palavras até pelo odor cantam,
Cantam pelo sabor
Cantam pela forma
Algumas se sentem de azul para cantar,
Meu ver é muito azul.

Página do caderno de rascunho de Manoel para
o *Memórias inventadas* com texto inédito.

Penso que não sou regionalista no sentido de que haja em mim um propósito de ser regionalista. Nunca houve em mim um propósito de mostrar as particularidades de minha região: seus costumes, seus falares, seu folclore. Nunca tive um propósito. Sou pantaneiro porque nasci, aprendi a falar e a ler no Pantanal. E a minha infância está enterrada ali. Mas penso que a minha poesia é mais obtida, principalmente, pelo desfazimento da linguagem comum. Meu trabalho é de uma certa desconstrução da linguagem. Eu me preocupo com o equilíbrio sonoro do verbo. Poesia é uma graça verbal, como eu já escrevi. Nunca seria uma descrição de costumes, de festejos, de falares pantaneiros. Poeta é para mim um sujeito que mexe com palavras. É aquele que conhece a competência das palavras para, com elas, fazer os encantamentos.

———X———

Aos poetas:
Buscar a beleza nas palavras
é uma solenidade de amor. M.B.

Sou poeta só porque penso
por imagens — como diria Valéry.

Pensar por imagem seria uma
disfunção cerebral?

Página de um dos cadernos de rascunho de Manoel,
com anotações para o *Memórias inventadas*.

Relação de obras

Poemas concebidos sem pecado [1937]
Face imóvel [1942]
Poesias [1956]
Compêndio para uso dos pássaros [1961]
Gramática expositiva do chão [1969]
Matéria de poesia [1974]
Arranjos para assobio [1982]
Livro de pré-coisas [1985]
O guardador de águas [1989]
Concerto a céu aberto para solos de ave [1991]
O livro das ignorãças [1993]
Livro sobre nada [1996]
Retrato do artista quando coisa [1998]
Ensaios fotográficos [2000]
Tratado geral das grandezas do ínfimo [2001]
Poemas rupestres [2004]
Menino do mato [2010]
Escritos em verbal de ave [2011]

MEMÓRIAS INVENTADAS
Infância [2003]
A segunda infância [2006]
A terceira infância [2008]

LIVROS INFANTIS
Exercícios de ser criança [1999]
O fazedor de amanhecer [2001]
Cantigas por um passarinho à toa [2003]
Poeminha em Língua de brincar [2007]

Bibliografia sobre Manoel de Barros

Livros, entrevistas e artigos

ACCIOLY, Ana. "Manoel de Barros, o poeta". *Manchete*, Rio de Janeiro, 1988, p. 116.

———. "Manoel de Barros, a palavra redescoberta". *Revista Goodyear*, São Paulo, abr. 1989, pp. 48-53.

AMÂNCIO, Moacir. "O caso literário do exímio poeta Manoel de Barros". *O Estado de S. Paulo*, São Paulo, 28 abr. 1989.

ANDRADE, Jeferson de. "O homem que é um dialeto". *Estado de Minas*, Belo Horizonte, 5 fev. 1998, p. 5.

ARRUDA, Heraldo Povoas. "A metapoesia de Manoel de Barros". *Letras & Artes*, jun. 1990, p. 6.

ASSUNÇÃO, Paulinho. "As pré-coisas de Manoel de Barros". *Estado de Minas*, Belo Horizonte, 23 jan. 1986.

BARBOSA, Frederico. "Poeta elabora a gramática das coisas inúteis". *Folha de S.Paulo*, São Paulo, 1 dez. 1990, p. F-7.

BARBOSA, Luiz Henrique. *Palavras do chão: Um olhar sobre a linguagem adâmica em Manoel de Barros*. São Paulo: Annablume, 2003.

BATISTA, Orlando Antunes. *Lodo e ludo em Manoel de Barros*. Rio de Janeiro: Presença, 1989.

BERNARDELLI, Ana Maria; GONDITI, Fábio (Orgs.). *101 reinvenções para Manoel: Um estudo sobre a influência da linguagem do poeta Manoel de Barros sobre a criação literária do estado de Mato Grosso do Sul*. Campo Grande: Life Editora, 2017.

BIRAM, Tagore. "O desconcertador de linguagem". *Zero Hora*, Porto Alegre, 3 set. 1994, pp. 8-9.

BORGES, João. "Gramática remota da pureza perdida". *O Globo*, Segundo Caderno, Rio de Janeiro, 28 jul. 1993.

———. "A natureza num amor de ignorante". *O Globo*, Rio de Janeiro, 23 nov. 1993.

BRUNACCI, Maria Izabel. "A crítica da modernidade na poética de Manoel de Barros e José Paulo Paes". *Estudos de Literatura Contemporânea*, Brasília, n. 19, maio/jun. 2002, pp. 43-58.

CAMPOS, Cristina. *Manoel de Barros: O demiurgo das terras encharcadas — Educação pela vivência do chão*. Cuiabá: Tanta Tinta, 2010.

CAMPOS, Luciene Lemos de; RAUER. "Camalotes, Sarobás e poemas sem pecado: O intertexto das figuras populares na obra de Manoel de Barros". In: COSTA, Edgar A. da; SILVA, Giane; OLIVEIRA

Marco Aurélio (Orgs.). *Despertar para a fronteira*. Campo Grande: UFMS, 2009. v. 1.

CANÇADO, José Maria. "O escárnio e a ternura". *Leia*, São Paulo, n. 104, jun. 1987.

CARDIM, Ismael. "Um poeta em Mato Grosso". *Folha da Tarde*, Corumbá, 18 set. 1974, p. 3.

CASTELLO, José. "Manoel de Barros busca sentido da vida". *O Estado de S. Paulo*, Caderno 2, São Paulo, 3 ago. 1996.

———. "Manoel de Barros faz do absurdo sensatez". *O Estado de S. Paulo*, Caderno 2, São Paulo, 18 out. 1997. Disponível em: <www.jornaldepoesia.jor.br/castel11.html>.

———. "Manoel de Barros: Retrato perdido no pântano". In: ———. *Inventário das sombras*. Rio de Janeiro: Record, 1999.

———. "Manoel de Barros fotografa a poesia do invisível". *O Estado de S. Paulo*, São Paulo, Caderno 2, 27 maio 2000.

———. "Manoel entre pássaros". *O Globo*, Prosa & Verso, Rio de Janeiro, 31 dez. 2011.

———. "Poesia atônita". *O Globo*, Rio de Janeiro, 18 jan. 2014, p. 5.

CASTELLO BRANCO, Lúcia. *Manoel de Barros — Caderno I*. Belo Horizonte: Editora UFMG, 2009. v. 1. Coleção AmorÍmpar.

———. "E tem espessura de amor: Variações sobre o silêncio branco em Manoel de Barros". *Revista Grumo*, Buenos Aires/Rio de Janeiro, v. 2, 2003.

———. "A poesia febril de Manoel de Barros". *O Tempo*, Belo Horizonte, 17 ago. 1997, p. 8.

——— (Org.). *Sete olhares sobre os escritos de Barros e Pessoa*. Belo Horizonte: UFMG, 1995.

———. "Palavra em estado de larva: A matéria poética de Manoel de Barros". *Suplemento Literário Minas Gerais*, Belo Horizonte, n. 907, 18 fev. 1984.

CASTRO, Afonso de. *A poética de Manoel de Barros: A linguagem e a volta à infância*. Campo Grande: Editora UCDB, 1991.

CONCEIÇÃO, Mara. *Manoel de Barros, Murilo Mendes e Francis Ponge. Nomeação e pensatividade poética*. São Paulo: Paco Editorial, 2011.

COUTO, José Geraldo. "Manoel de Barros busca na ignorância a fonte da poesia". *Folha de S.Paulo*, Caderno Mais, São Paulo, 14 nov. 1993, pp. 8-9.

CRETTON, Maria da Graça. "O regional e o literário em Manoel de Barros". In: CRISTÓVÃO, Fernando Alves et al. *Nacionalismo e re-*

gionalismo nas literaturas lusófonas. Rio de Janeiro: Edições Cosmos, 1997.

DAVID, Nismária Alves. "A poesia de Manoel de Barros e o mito de origem". *Terra Roxa e Outras Terras — Revista de Estudos Literários*, Londrina, UEL, n. 5, 2005, pp. 17-32.

DALATE, Sergio. "Manoel de Barros: Uma poética do estranhamento ou o encantador de palavras". *Polifonia*, Cuiabá, EDUFMT, n. 3, 1997, pp. 1-13.

FENSKE, Elfi Kürten (Pesquisa, Sel. e Org.). "Manoel de Barros: A natureza é sua fonte de inspiração, o Pantanal é a sua poesia". *Templo Cultural Delfos*, fev. 2011. Disponível em: <www.elfikurten.com.br/2011/02/manoel-de-barros-natureza-e-sua-fonte.html>.

FREITAS, Guilherme. "O poeta que queria ser árvore". *O Globo*, Segundo Caderno, Rio de Janeiro, 13 abr. 2010.

GRÜNEWALD, José Lino. "Poeta com máscara de filósofo popular". *O Globo*, Prosa & Verso, Rio de Janeiro, 21 set. 1996.

JANSEN, Roberta. "Manoel de Barros salva palavras da mesmice". *O Estado de S. Paulo*, Caderno 2, São Paulo, 15 maio 1995.

LOBATO, Eliane. "Poeta de pés no chão". *O Globo*, Segundo Caderno, Rio de Janeiro, 14 jun. 1980, p. 8.

MACHADO, Madalena; MAQUÊA, Vera da Rocha (Orgs.). *Dos labirintos e das águas: Entre Barros e Dickes.* Cáceres, MT: Unemat, 2009.

MAQUÊA, Vera da Rocha; PINHEIRO, Hérica A. Jorge da Cunha. "O chão da palavra poética de Manoel de Barros e Ondjaki". In: MALUF-SOUZA, Olimpia; SILVA, Valdir; ALMEIDA, Eliana de; BISINOTO, Leila S. J. (Orgs.). *Redes discursivas: A língua(gem) na pós-graduação.* Campinas: Editora Pontes, 2012. v. 2.

MARINHO, Marcelo et al. *Manoel de Barros: O brejo e o solfejo.* Brasília: Ministério da Integração Nacional: Universidade Católica Dom Bosco, 2002, pp. 15-27. (Coleção Centro-Oeste de Estudos e Pesquisas, 5).

MAUAD, Isabel Cristina. "Poeta busca estética do ordinário". *O Globo*, Rio de Janeiro, 29 dez. 1991, p. 5.

MEDEIROS, Sérgio. "Os vários duplos de Manoel de Barros". *O Estado de S. Paulo*, São Paulo, 14 dez. 1996.

MENEZES, Edna. *Quatro expoentes da literatura sul-mato-grossense: Visconde de Taunay, Lobivar Mattos, Manoel de Barros, Raquel Naveira.* Campo Grande: Athenas, 2003. v. 1.

———. "Manoel de Barros: O poeta universal de Mato Grosso do

Sul". *Jornal de Poesia*. Disponível em: <www.jornaldepoesia.jor. br/ednamenezes1>.

MENEZES, Edna. "A autorreflexão em 'estado de palavra' na poética de Manoel de Barros". *Jornal de Poesia*. Disponível em: <www.jornaldepoesia.jor.br/ednamenezes2.html>.

MILLEN, Mànya. "Um poeta em plena infância". *O Globo*, Prosa & Verso, Rio de Janeiro, 7 nov. 1998.

MÜLLER, Adalberto. *Encontros: Manoel de Barros*. Rio de Janeiro: Azougue, 2010.

NAME, Daniela. "Um inventor de palavras". *O Globo*, Segundo Caderno, Rio de Janeiro, 2 mar. 1996.

NOGUEIRA, Rui. "O poeta andarilho do Pantanal". *Correio Braziliense*, Brasília, 5 jul. 1987.

NOLASCO, Paulo. "Guimarães Rosa e Manoel de Barros: Um guia para o sertão". In: ———. *O outdoor invisível: Crítica reunida*. Campo Grande: Editora UFMS, 2006.

OLIVEIRA, Elizabete. *A educação ambiental e Manoel de Barros — diálogos poéticos*. Rio de Janeiro: Paulinas, 2012.

PINTO, Manoel da Costa. "Livros revelam regularidade de estilo de Manoel de Barros". *Folha de S.Paulo*, São Paulo, 17 abr. 2010.

PIZA, Daniel. "Manoel de Barros, o poeta que veio do chão". *O Estado de S. Paulo*, São Paulo, 13 mar. 2010.

PERES, Wesley Godoi; CAMARGO, G. F. O. "Considerações acerca no sujeito e da alteridade na poesia de Manoel de Barros". In: FERREIRA, Renata Wirthmann (Org.). *Arte e subjetividade: Diálogos com a psicanálise*. Brasília: Universa, 2010.

RAMOS, Isaac Newton Almeida. "A modernidade em Manoel de Barros e Alberto Caeiro". In: LEITE, Mário Cezar Silva (Org.). *Mapas da mina: Estudos de literatura em Mato Grosso*. Cuiabá: Cathedral Publicações, 2005. v. 1.

———. "A didática da invenção do poeta Manoel de Barros". In: SILVA, Agnaldo da (Org.). *Diálogos literários: Literatura, comparativismo e ensino*. São Paulo: Ateliê, 2008.

RICCIARDI, Giovanni. "Manoel de Barros". In: ——— (Org.). *Autorretratos*. São Paulo: Martins Fontes, 1991.

RODRIGUES, Aline. *A poética de desver de Manoel de Barros*. Curitiba: Appris, 2016.

RODRIGUES, Karine. "De cartas abertas". *O Globo*, Rio de Janeiro, 1 fev. 2014, pp. 2-3.

ROSSONI, Igor. *Fotogramas do imaginário: Manoel de Barros*. Salvador: Vento Leste, 2007.

RUSSEF, Ivan et al. *Ensaios farpados: Arte e cultura no Pantanal e no Cerrado*. Campo Grande: UCDB, 2003.

SANTOS, Rosana Cristina Zanelatto (Org.). *Nas trilhas de Barros*. Campo Grande: UFMS, 2009.

SILVA, Célia Sebastiana. "Manoel de Barros: Sem margens com as palavras". *Fragmentos de Cultura*, Goiânia, v. 19, n. 7/8, pp. 541-550, jul./ago. 2009.

SILVA, Célia Sebastiana. "Manoel de Barros: Lírica, invenção e consciência criadora". *Revista Leituras*, PUC-RS, Disponível em: <www4.pucsp.br/revistafronteiraz/numeros_anteriores/n5/download/pdf/mbarros.pdf>.

SILVA, Fernanda Martins da. "Olhares sobre o moderno e a modernidade na obra de Manoel de Barros: Crítica e recepção". *Fênix – Revista de História e Estudos Culturais*, Uberlândia, UFU, v. 12, ano XII, n. 1, jan./jun. 2015.

SOUZA, Elton Luiz Leite de. *Manoel de Barros: A poética do deslimite*. Rio de Janeiro: 7Letras, 2010.

SOUZA, Maria Aparecida Ferreira de Melo. "As interfaces espirituais na obra de Manoel de Barros". In: FERRAZ, Salma (Org.). *No princípio era Deus e ele se fez poesia*. Rio Branco: Edufac, 2008.

SPITZ, Eva. "O poeta que poucos conhecem". *Jornal do Brasil*, Caderno B, Rio de Janeiro, 8 dez. 1988.

WALDMAN, Berta. "A poesia de Manoel de Barros: Uma gramática expositiva do chão". *Jornal do Brasil*, Rio de Janeiro, 27 maio 1989.

————. "Poesia ao rés do chão". In: BARROS, Manoel de. *Gramática expositiva do chão: Poesia quase toda*. Rio de Janeiro: Civilização Brasileira, 1990.

Produção acadêmica

ALBUQUERQUE, Érika Bandeira de. *Manoel e Martha Barros: A pedagogia do olhar*. Recife: Universidade Federal de Pernambuco, 2015. Dissertação (Mestrado em Letras).

ALMEIDA, Adris de. *As raias da memória e da imaginação em Manoel de Barros*. Florianópolis: Universidade Federal de Santa Catarina, 2012. Dissertação (Mestrado em Literatura).

ALMEIDA, Marinei. *Entre voos, pântanos e ilhas: Um estudo comparado entre Manoel de Barros e Eduardo White*. São Paulo: Universidade de São Paulo, 2008. Tese (Doutorado em Letras).

AQUINO, Marcela Ferreira Medina de. *Faces do poeta pop: O caso Manoel de Barros na poesia brasileira contemporânea*. Rio de Janeiro: Pontifícia Universidade Católica do Rio de Janeiro, 2010. Tese (Doutorado em Letras).

AZEVEDO, Lucy Ferreira. *Paixões e identidade cultural em Manoel de Barros: O poema como argumento*. São Paulo: Pontifícia Universidade Católica de São Paulo, 2006. Tese (Doutorado em Letras).

BARRA, Cynthia de Cássia Santos. *É ínvio e ardente o que o sabiá não diz: Uma leitura de Manoel de Barros*. Belo Horizonte: Universidade Federal de Minas Gerais, 2000. Dissertação (Mestrado em Estudos Literários).

BARROS, Nismária Alves David. *O lugar do leitor na poesia de Manoel de Barros*. Goiânia: Universidade Federal de Goiás, 2010. Tese (Doutorado em Letras).

BASEIO, Maria Auxiliadora Fontana. *Entre a magia da voz e a artesania da letra: O sagrado em Manoel de Barros e Mia Couto*. São Paulo: Faculdade de Filosofia, Letras e Ciências Humanas, Universidade de São Paulo, 2007. Tese (Doutorado em Estudos Comparados de Literaturas de Língua Portuguesa).

BÉDA, Walquíria Gonçalves. *O inventário bibliográfico sobre Manoel de Barros ou "Me encontrei no azul de sua tarde"*. Assis: Faculdade de Ciências e Letras, Universidade Estadual Paulista, 2002. 2 v. Dissertação (Mestrado em Teoria da Literatura e Literatura Comparada).

———. *A construção poética de si mesmo: Manoel de Barros e a autobiografia*. Assis: Faculdade de Ciências e Letras, Universidade Estadual Paulista, 2007. Tese (Doutorado em Letras).

BELLEZA, Eduardo de Oliveira. *Desacostumar os olhos: Experimentando em vídeos/espaços/poesias*. Campinas: Universidade Estadual de Campinas, 2014. Dissertação (Mestrado em Educação).

CAMARGO, Goiandira de Fátima Ortiz de. *A poética do fragmentário: Uma leitura da poesia de Manoel de Barros*. Rio de Janeiro: Faculdade de Letras, Universidade Federal do Rio de Janeiro, 1997. Tese (Doutorado em Ciência da Literatura).

CAMPOS, Luciene Lemos de. *A mendiga e o andarilho: A recriação poética de figuras populares nas fronteiras de Manoel de Barros*. Campo Grande: Universidade Federal de Mato Grosso do Sul, 2010. Dissertação (Mestrado em Letras).

CARLAN, Carina. *Princípios criativos concebidos a partir das noções de pré-coisas e da atividade de transver de Manoel de Barros*. Porto Alegre: Universidade Federal do Rio Grande do Sul, 2014. Dissertação (Mestrado em Design).

CRUZ, Wânessa Cristina Vieira. *Iluminuras: Imaginação criadora na obra de Manoel de Barros*. Belo Horizonte: Universidade Federal de Minas Gerais, 2009. Dissertação (Mestrado em Estudos Literários).

CUNHA, Yanna K. H. Gontijo. *O andarilho Bernardo, de Manoel de Barros*. Rio Grande: Universidade Federal do Rio Grande, 2015. Dissertação (Mestrado em Literatura).

FARINA, Giane. *O que pode um nome?: Diálogos sobre a infância com Manoel de Barros*. Porto Alegre: Universidade Federal do Rio Grande do Sul, 2015. Dissertação (Mestrado em Educação).

FERNANDES, Janice de Azevedo. *Iminências poéticas: Manoel de Barros e Arthur Bispo do Rosário. Por uma poética da recomposição de inutilidades e do acriançamento*. Goiânia: Pontifícia Universidade Católica de Goiás, 2015. Dissertação (Mestrado em Letras).

FIOROTTI, Devair Antônio. *A palavra encena: Uma busca de entendimento da linguagem poética a partir de Manoel de Barros*. Brasília: Instituto de Letras, Universidade de Brasília, 2006. Tese (Doutorado em Teoria Literária).

FONTES, Marcelo Barbosa. *Territórios da escrita em Manoel de Barros: Por uma poética da escuta*. Belo Horizonte: Pontifícia Universidade Católica de Minas Gerais, 2008. Dissertação (Mestrado em Letras).

GALHARTE, Julio A. Xavier. *Despalavras de efeito: Os silêncios na obra de Manoel de Barros*. São Paulo: Faculdade de Filosofia, Letras e Ciências Humanas, Universidade de São Paulo, 2007. Tese (Doutorado em Teoria Literária e Literatura Comparada).

GARCIA, Mirian T. Ribeiro. *Exercícios de ser humano: A poesia e a infância na obra de Manoel de Barros*. Brasília: Universidade de Brasília, 2006. Dissertação (Mestrado em Literatura).

GIL, Andreia de Fátima Monteiro. *Poesia e Pantanal: O olhar mosaicado de Manoel de Barros*. São Paulo: Pontifícia Universidade Católica de São Paulo, 2011. Dissertação (Mestrado em Literatura e Crítica Literária).

GONÇALVES, Marta Aparecida Garcia. *A política da literatura e suas faces na palavra muda de Manoel de Barros*. Natal: Universidade Federal do Rio Grande do Norte, 2011. Tese (Doutorado em Linguística Aplicada e Literatura Comparada).

GRÁCIA-RODRIGUES, Kelcilene. *A poética de Manoel de Barros: Um jeito de olhar o mundo*. Assis: Faculdade de Ciências e Letras de Assis, Universidade Estadual Paulista, 1998. Dissertação (Mestrado em Letras).

GRÁCIA-RODRIGUES, Kelcilene. *De corixos e de veredas: A alegada similitude entre as poéticas de Manoel de Barros e de Guimarães Rosa*. Araraquara: Faculdades de Ciências e Letras de Araraquara, Universidade Estadual Paulista, 2006. Tese (Doutorado em Estudos Literários).

LINHARES, Andrea R. Fernandes. *Memórias inventadas: Figurações do sujeito na escrita autobiográfica de Manoel de Barros*. Porto Alegre: Universidade Federal do Rio Grande do Sul, 2006. Dissertação (Mestrado em História da Literatura).

MACEDO, Ricardo M. *Memórias inventadas: Espaços de significação da solidão e imaginário*. Tangará da Serra: Universidade do Estado de Mato Grosso, 2011. Dissertação (Mestrado em Estudos Literários).

MAEKAWA, Maria Ester Godoy Pereira. *A transversalidade literária de Manoel de Barros na pedagogia da educação ambiental no Pantanal*. Cuiabá: Universidade Federal de Mato Grosso, 2005. Dissertação (Mestrado em Educação).

MARTINS, Waleska Rodrigues de Matos Oliveira. *Um voar fora da asa: O pós-modernismo e a poética de Manoel de Barros*. Campo Grande: Universidade Federal de Mato Grosso do Sul, 2010. Dissertação (Mestrado em Estudos de Linguagens).

———. *As figurações da morte e da memória na poética de Manoel de Barros*. Araraquara: Faculdade de Ciências e Letras, Universidade Estadual Paulista, 2015. Tese (Doutorado em Estudos Literários).

MONCINHATTO, Maria Adriana Silva. *A palavra como processo reflexivo: A poesia da invencionice de Manoel de Barros*. São Paulo: Pontifícia Universidade Católica de São Paulo, 2009. Dissertação (Mestrado em Letras).

MORAES, Paulo Eduardo B. de. *Manoel de Barros: Poeta antropófago*. Campo Grande: Universidade Federal de Mato Grosso do Sul, 2014. Dissertação (Mestrado em Estudos de Linguagem).

MORGADO, Paulo. *Manoel de Barros: Confluência entre poesia e crônica*. São Paulo: Pontifícia Universidade Católica de São Paulo, 2007. Dissertação (Mestrado em Comunicação e Semiótica).

OLIVEIRA, Mara Conceição Vieira de. *Nomeação e pensatividade poética em Manoel de Barros, Murilo Mendes e Francis Ponge*. Niterói: Faculdade de Letras, Universidade Federal Fluminense, 2006. Tese (Doutorado em Literatura Comparada).

OLIVEIRA, Maria Elizabete Nascimento de. *Educação ambiental e Manoel de Barros: Diálogos poéticos*. Cuiabá: Universidade Federal de Mato Grosso, 2010. Dissertação (Mestrado em Educação).

PEREGRINO, Giselly. *A educação pela infância em Manoel de Barros.* Rio de Janeiro: Pontifícia Universidade Católica do Rio de Janeiro, 2010. Dissertação (Mestrado em Letras).

PERES, Wesley Godoi. *Formações do inconsciente e formações poéticas manoelinas: Uma leitura psicanalítica acerca da subjetividade e da alteridade na obra de Manoel de Barros.* Goiânia: Universidade Federal de Goiás, 2007. Dissertação (Mestrado em Letras e Linguística).

PINHEIRO, Carlos Eduardo Brefore. *Manoel de Barros e a poética do nada.* São Paulo: Universidade Estadual Paulista Júlio de Mesquita Filho, 2002. Dissertação (Mestrado em Teoria da Literatura).

———. *Entre o ínfimo e o grandioso, entre o passado e o presente: O jogo dialético da poética de Manoel de Barros.* São Paulo: Universidade de São Paulo, 2011. Tese (Doutorado em Letras).

PINHEIRO, Hérica A. Jorge da Cunha. *Os deslimites da poesia: Diálogos interculturais entre Manoel de Barros e Ondjaki.* Tangará da Serrá: Universidade do Estado de Mato Grosso, 2012. Dissertação (Mestrado em Estudos Literários).

PRIOSTE, José Carlos Pinheiro. *A unidade dual: Manoel de Barros e a poesia.* Rio de Janeiro: Universidade Federal do Rio de Janeiro, 2006. Tese (Doutorado em Letras).

REINER, Nery N. Biancala. *A poética de Manoel de Barros e a relação homem-vegetal.* São Paulo: Universidade de São Paulo, 2010. Tese (Doutorado em Letras).

RIBEIRO, Johniere Alves. *Manoel Monteiro: Visibilidade de uma poética.* Campina Grande: Universidade Estadual da Paraíba, 2009. Dissertação (Mestrado em Literatura e Interculturalidade).

ROCHA, Valmira Alves da. *Três infâncias.* Assis: Faculdade de Ciências e Letras, Universidade Estadual Paulista, 2017. Dissertação (Mestrado em Letras).

SANTOS, Suzel Domini dos. *Poesia e pensamento em Manoel de Barros.* São José do Rio Preto: Universidade Estadual Paulista, 2017. Tese (Doutorado em Letras).

SILVA, Wellington Brandão da. *Inclinações da metapoesia de Manoel de Barros.* Brasília: Universidade de Brasília, 2011. Dissertação (Mestrado em Literatura).

SOUSA, José Ricardo Guimarães de. *Sobre restos e trapos: A disfunção na poesia de Manoel de Barros.* Belo Horizonte: Universidade Federal de Minas Gerais, 2013. Tese (Doutorado em Teoria da Literatura).

VASCONCELOS. Vânia Maria. *"A poética in-verso" de Manoel de Barros: Metalinguagem e paradoxos representados numa "disfunção lírica".* São Paulo: Pontifícia Universidade Católica de São Paulo, 2002. Tese (Doutorado em Comunicação e Semiótica).

VIEIRA, Tania Regina. *Manoel de Barros: Horizontes pantaneiros em terras estrangeiras.* Goiânia: Universidade Federal de Goiás, 2007. Tese (Doutorado em Letras e Linguística).

Produção audiovisual

Caramujo-flor, direção de Joel Pizzini | curta-metragem, 1988
Com Ney Matogrosso e participações de Rubens Correa, Tetê Espíndola, Aracy Balabanian e Almir Sater, entre outros. Prêmios de Melhor Filme no Festival de Huelva (Espanha); Melhor Direção e Melhor Fotografia no XXII Festival de Brasília; menção honrosa no Festival de Curitiba de 1989 e Melhor Montagem no Rio Cine 1989. Produção de Polo Cinematográfica. Disponível em: <www2.uol.com. br/neymatogrosso/videos/filme02.html>.

Deslimites da palavra, direção de Zé Luiz Rinaldi | ópera e solo, 2000
Com Ricardo Blat, Raul Serrador e Lucila Tragtemberg, baseado em poema homônimo de *O livro das ignorãças.*

Manoel de Barros, v. 8 da coleção Poesia Falada | CD, 2001
Lançado pelo selo Luz da Cidade, com narração de Pedro Paulo Rangel e Manoel de Barros.

Inutilezas, direção de Moacir Chaves | peça teatral, 2002
Texto de Manoel de Barros e roteiro de Bianca Ramoneda. No elenco, Bianca Ramoneda e Gabriel Braga Nunes, e o músico Pepê Barcellos. Participações de Pedro Luís, que compôs a trilha, e Hermeto Pascoal, com depoimento gravado em vídeo.

Língua de brincar, direção de Gabriel Sanna e Lúcia Castello Branco | documentário, 2007
Depoimentos de Manoel de Barros, Stella Barros, Júlia Branco, João Rocha, Rafael Fares, Maria Bethânia, Ondjaki e Mia Couto. Direção de fotografia e montagem de Gabriel Sanna, roteiro de Lúcia Castello Branco. Disponível em: <www.contioutra.com/lingua-de-brincar--manoel-de-barros-documentario/>.

Paixão pela palavra, direção e roteiro de Claudio Savaget e Enilton Rodrigues | série para televisão de cinco programas, 2007-8

Produzido pela Nonsense Produções para o Canal Futura com narração de Cássia Kiss e José Hamilton Ribeiro e depoimentos de Luís Melodia, Beatriz Segall, Siron Franco, Lúcia Castello Branco, Claufe Rodrigues, Abílio de Barros e José Mindlin.

Wenceslau e a árvore do gramofone, produção, direção e roteiro de Adalberto Müller e Ricardo Carvalho | curta-metragem, 2008
Baseado em poemas de Manoel de Barros. Narração de Chico Sant'Anna, música de Egberto Gismonti, direção de arte de Andrey Hermuche e direção de fotografia de Kátia Coelho. Disponível em: <www.youtube.com/watch?v=0niQlFatkz4>.

Só dez por cento é mentira, direção e roteiro de Pedro Cezar | documentário, 2009
Depoimentos de Manoel de Barros, Bianca Ramoneda, Joel Pizzini, Abílio de Barros, Palmiro, Viviane Mosé, Danilinho, Fausto Wolff, Stella Barros, Martha Barros, João de Barros, Elisa Lucinda, Adriana Falcão, Paulo Gianini, Jaime Leibovitch e Salim Ramos Hassan. Produção executiva de Julio Adler e Pedro Cezar; direção de arte de Marcio Paes; música de Marcos Kuzka; direção de fotografia de Stefan Hess; figurinos de Marcio Paes, Gabriel Jopperi e Deborah Maziou; produzido pela Artezanato Eletrônico. Prêmios de Melhor Documentário do II Festival Paulínia de Cinema de 2009 e Melhor Direção e Melhor Filme Documentário Longa-Metragem do v Fest Cine Goiânia de 2009.

Histórias da unha do dedão do pé do fim do mundo, direção e desenhos de Evandro Salles | animação, 2009
Vídeo integrante da exposição Arte para Crianças, do Museu Vale do Rio Doce. Poemas de Manoel de Barros, roteiro de Bianca Ramoneda, música de Tim Rescala, voz de Isabela Mele Rescala, narração de Bidô Galvão, animação e direção de arte de Marcia Roth. Concepção e produção de Lumen Argo e Projeto.

A língua das coisas, direção de Alan Minas | curta-metragem, 2010
Livremente inspirado na obra de Manoel de Barros e exibido em festivas de cinema do Brasil e do exterior, foi selecionado pelo programa Curta Criança do Minc e TV Brasil. Produzido pela Caraminhola Filmes.

Memórias inventadas, direção e dramaturgia de Alexandre Varella | musical poético, 2011
Textos de Manoel de Barros intercalados com relatos pessoais e canções da MPB. Com Laura Castro, Marta Nóbrega, Alexandre Varella e

Thiago Magalhães. Supervisão de Cininha de Paula e direção musical de Filipe Bernardo.

Passarinho à toa, direção de Warley Goulart | peça infantil, 2011
Inspirada em poemas de Manoel de Barros e encenada pelo grupo Os Tapetes Contadores de Histórias, responsáveis também pelo roteiro da peça. Trilha sonora e direção musical do Grupo Água Viva.

Crianceiras, concepção de Márcio de Camillo e direção de Luiz André Cherubini | espetáculo cênico musical, 2012
Com o Grupo Sobrevento – Teatro de Animação. Direção musical de Márcio de Camillo, iluminuras de Martha Barros, direção de Luiz André Cherubini, produção executiva de Isabella Maggi, coprodução de Criatto Produções e Marruá Arte e Cultura. Mais informações disponíveis em: <www.crianceiras.com.br>.

Nada, direção de Adriano Guimarães, Luis Fernando Guimarães e Miwa Yanagizawa | peça teatral, 2012
Texto de Adriano e Luis Fernando Guimarães a partir de *O livro sobre nada*, de Manoel de Barros. Com Adriano Garib, Camila Mardila, Lafayette Galvão, Liliane Rovaris, Marilia Simões e Miwa Yanagizawa.

Tudo que não invento é falso, direção, coreografia e roteiro de Paula Maracajá | dança, 2013
Espetáculo inspirado em *Memórias inventadas*, de Manoel de Barros. Com Danilo D'Alma, Nina Botkay, Patricia Riess, Paula Maracajá e Renata Versiani.

Perto do rio tenho sete anos, com fotos de André Gardenberg | exposição de fotografia, 2014
Parte da mostra Maio Fotografia no MIS 2015, a série apresentou 45 fotografias inspiradas no universo de Manoel de Barros, cujos poemas ganharam vida na exposição por meio da voz do ator Pedro Paulo Rangel. Curadoria de Diógenes Moura.

1ª EDIÇÃO [2018] 8 reimpressões

ESTA OBRA FOI COMPOSTA EM MINION PRO E IMPRESSA
EM OFSETE PELA LIS GRÁFICA SOBRE PAPEL PÓLEN BOLD DA
SUZANO S.A. PARA A EDITORA SCHWARCZ EM JUNHO DE 2024

A marca FSC® é a garantia de que a madeira utilizada na fabricação do papel deste livro provém de florestas que foram gerenciadas de maneira ambientalmente correta, socialmente justa e economicamente viável, além de outras fontes de origem controlada.